這個魔頭有點萌
The world's
most lovely
of monster
貳
end

裴清
真身　浮玉仙尊。
分身　仙界最強大的女兒控。
個性　清冷寡淡。
喜歡　可愛的、萌萌的東西。
秋珏
真身　六界聞名喪膽的女魔尊。
分身　浮玉仙尊的愛女・斐萌。
個性　性格火爆，善惡分明。
討厭　斐清，以及毛茸茸的東西。

白麟

真身	妖族之王。
分身	仙界八卦為裴萌的爹。
個性	孤僻固執，認定了就一輩子追隨下去。
喜歡	安靜。

帝舜

真身	上古龍族之王。
分身	臉盲的弟控。
個性	高傲自大。
喜歡	弟弟和明，以及乾淨的東西。

目錄

Contents

第一章 這隻妖王也很怪

翌日清晨，裴清帶著弟子們出發了，此次一同前去的還有子霽、子旻和秋玨。

臨近南平都，幾人將代步工具換成了馬車，子霽與子旻駕車，車裡坐著裴清二人。馬車內甚是寬敞，地上鋪著白色的毛絨地毯，中間放有一張長桌，桌上擺著幾盤糕點。

從上車到現在，二人都沒有開口說話，裴清有些受不了這種寂靜，從桌上拿起一塊糕點送到秋玨嘴邊，問：「吃嗎，萌萌？」

「不吃。」

「那喝水嗎？」

「不渴。」

「……哦。」

「要聽故事嗎？」

「不聽。」

「……哦。」

連續被拒絕後，裴清的情緒有些低落，他手握茶杯，垂眸默不作聲的看著漂浮在水面上的青色茶葉。

「突然想喝水了。」

裴清手上的水杯被一雙小胖手接過，裴清一愣，不由得看去。

秋玨抿著茶水，眼神來回飄忽著。

裴清忍不住笑了，他家萌萌果真是個心地善良的孩子。

CHAPTER

第一章

就在此時，外面傳來了子霽的聲音：「師尊，要進城了。」

秋玨看向窗外，南平都位於四座主城的中間，不管是商隊還是買賣人，途中都要經過這座小都城。都城很小，約莫百人，可地形和良好的氣候讓這種鎮子發展的甚是繁華。

然而，也許是聽說魔頭藏覓在此地的消息，往日人聲鼎沸、熙熙攘攘的街道，在此刻只有寥寥幾個行人。

「師尊，我們到了。」

馬車在一處幽靜的院門前停下，裴清抱著秋玨下了馬車。

為了掩人耳目，此次他們的住所特意選了一處幽靜之地，怕驚擾敵人，裴清甚至掩去了自身的仙氣。

第一個晚上過得平安無事，第二個晚上依舊沒有動靜，到第三個晚上時，街上已恢復了往日的熱鬧。

「大師兄，你說對方是不是知道師尊來了，所以跑了啊？」子旻是個坐不住的，連續幾天無所事事後，他已經失去了耐心。

「不會。」子霽言語篤定。

「啊？為什麼？」

「你有所不知，那魔女雖然愚頑惡劣，但性子剛烈，每次見到師尊，就像是惡狼見了骨頭，哪會跑。」

被比作餓狼的秋玨看了眼身旁的「骨頭」，只見她的「骨頭」正在悠然品茶，絲毫不在意弟子們的議論聲。

「原來是這樣啊……」子旻的表情若有所思，「可我怎麼覺得……那個魔頭喜歡咱們家師尊啊。」

「噗——！」秋玨被自己的口水嗆到了。

裴清握著茶杯，他脣邊含了一抹笑，聲線清潤，「子旻，莫要胡說。」他又說：「那會損了為師清譽。」

「噗——！」秋玨再次被口水嗆住。

秋玨一拍桌子，跳上了椅子，居高臨下的看著幾人。

「我們不能這樣坐以待斃！」

裴清挑眉道：「萌萌……成語不是這樣用的。」

「啊？」

「我們這叫甕中捉鱉。」

——你才是鱉！

——你一整個師門都是鱉！

秋玨懶得和裴清計較下去，清了清嗓子說：「我覺得那個魔女之所以不來，是因為沒有誘餌，要是有吸引她的東西，她一定會出現！」

「說得有點道理，可是我們要拿什麼做誘餌？」子旻眨眨眼睛，一把扯住了身旁子霽的胳膊，「難不成用大師兄？」

CHAPTER

第一章

沒等子霽說話，子旻又說：「大師兄長得好看，我看那個魔女鐵定上鉤。」

子霽：「……」

——你這樣出賣你的大師兄真的好嗎？

大師兄表示自己很無辜。

「別鬧！起碼要裴清這種顏值才可以。」秋玨伸手指向坐在一旁的裴清。

裴清一笑，拉著秋玨的胳膊將她扯到懷裡，低頭親了親她的髮絲，「謝謝萌萌誇獎。」

秋玨呼吸一窒，誰誇他了？臭不要臉！

「你……你別親我。男女授受不親！」仗著她小就對她為所欲為，裴老賊真是卑鄙無恥下流小人！

裴清神色一變，眼神幽怨。

「說正事，我決定我去當誘餌。」

秋玨話音剛落，氣氛便陷入到詭異的寧靜中。

「小師妹，這可不是說笑的，別鬧了。」

「我沒說笑，說不定那魔頭喜歡小孩子呢。」

「就算魔頭喜歡小孩子，也不能讓妳去當誘餌啊！」他家師尊這麼寶貝她，怎麼捨得讓她置入險地。

「我不管！我要去！」

見她一臉固執，想必不好勸解，無奈，幾人只好將求救的視線落到了裴清身上。

「師尊……」

裴清若有所思的垂眸，片刻，他撫了撫秋玨柔軟的髮，「好。」

眾徒弟：哎？

幾人懵了。師尊竟然答應了？

「師尊……這可不是開玩笑的，萌萌這麼小……」讓她去，這不是送羊入虎口嘛……

裴清環視一圈，「這不是有你們嘛。」

眾徒弟：哎？！

當下，子旻紅了臉頰，連連擺手道：「師……師尊太高看我們了，雖然我們的確有這麼個實力……」

一旁的子霽有些看不下去了，嘆道：愚蠢的師弟唷，你們是被師父套路了啊！

秋玨：「……」裴老賊不愧是賊啊，坑人這點上，她甘拜下風。

裴清淡淡然抿了口茶，深藏功與名。

※⊙※⊙※⊙※

計畫是這樣的——秋玨假扮成被拐賣的小女孩兒，連夜逃到南平都郊外的山丘上，傳說中的大魔頭將會在那裡出現，等她出現時，裴清一舉將之剿滅。

計畫很完美，就是不知道對方會不會出現。

第一章

秋玨之所以毛遂自薦，主要是想看看那個冒充她為非作歹的傢伙到底是什麼來路。

午夜，萬闌寂靜。

急促的呼吸聲迴盪在空寂的夜色中，只見一個小團子跑在黑夜裡。秋玨為了演得逼真，特意在臉上抹了些泥土，還弄亂了頭髮。

等跑到了山丘上，秋玨才氣喘吁吁的停下腳步。她癱坐在地上，環視一圈，除了蟬鳴聲外，毛都沒見一根，那個假扮她的傢伙真的會出現嗎？

就在此時，秋玨忽然聽到從後面傳來一道奇怪的聲響。秋玨不禁僵住，她舔了舔略顯乾澀的唇瓣，緩緩回眸看去。

月色下，女子的身材凹凸有致，衣袍隨著她的腳步輕輕搖曳……

等對方走近了，秋玨看清那張臉時，不由得愣怔。

女子唇紅齒白，眸如皓月，唇角的笑帶著邪氣，胸前的兩團似是要呼之欲出。

「媽的！」秋玨暗咒出聲。

眼前這個……是隻妖啊！

還是一隻和她容貌有七成像的妖！還是一隻曾被她親自丟出魔界的妖！

秋玨內心覺得有萬隻草泥馬妖在跑。

眼前這隻妖名為阿桃，在某次下山修煉時，秋玨隨手救了被山霸王攻擊的小桃妖，原因無他，單純覺得無聊。後來，桃妖對她陷入痴迷，不遠千里追隨秋玨來了魔界，秋玨被纏得煩躁，於是動手將她丟了出去。再後來，桃妖沒了消息。

哪成想現在膽子大到冒充她了？！

「哪裡來的小孩兒？」桃妖聲腔中含著一股媚氣，她微微彎腰，塗有紅色蔻丹的手指就要掐向秋玨的小臉。

就在此時，劍鋒閃過！

桃妖雙眸一瞇，一個閃身躲開這如虹劍氣。再回首，桃妖發現自己已被包圍。

秋玨緩緩起身，面無表情的拍了拍屁股上的雜草。

「魔頭，妳的好日子到頭了！」子旻一臉的義憤填膺，他舉起手上的利劍，就要向桃妖刺去。

「叮——」

一塊石子與劍刃相觸，子旻被震得手臂一麻，偏了攻擊。

「師尊？」子旻滿目驚訝。

桃妖順著子旻的視線看去，當下臉色蒼白起來。

清冷的月色為他鍍了一層虛幻的光影，無關容貌，單是氣勢，裴清便讓人心生恐懼。

「她不是秋玨。」

……**秋玨**。

裴清的聲音又輕又淺，秋玨顫了顫雙睫，他的聲音宛如鵝毛飄落心間，有些癢。這還是頭一次聽裴清這麼溫柔的叫她的名字，秋玨莫名覺得溫柔繾綣，心生暖意。

「哎？可是……」

「氣息不同，雖用了法器掩去，可依舊能嗅到她身上的妖氣。」

敢情是妖精啊！子旻憤怒了，長劍所指向她脖頸，「說！妳假扮他人，意義何在？」

桃妖蔫了，「我沒假扮他人。」

「妳現在還不承認，看我不把妳的易容扯下來！」

「啊呀，你這小哥長得人模人樣，可怎麼這麼粗暴啊。」桃妖半是委屈半是慌亂的遮住臉，「人家只是和教主長得相似，你們就這麼不依不撓，還有沒有天理啊！」

「不像。」裴清道，「她比妳好看。」

桃妖：「……」

對這個看臉的世界絕望了！

子旻的劍刃又是一哆嗦，見鬼了，他們家師尊吃錯藥了吧？要不就是……其實是師尊暗戀女魔頭？！

子旻被自己的腦洞嚇到了，不過仔細想想，他們家師尊那麼悶騷，今天竟然誇一個女人漂亮……

完蛋了！師尊可能真的暗戀那個女魔頭！

「妳是何居心，為何假扮那女魔頭？」

桃妖瞥了子霽一眼，「我有什麼居心，又為何告訴你們？」

「妳還挺狂妄啊！」子旻回神，直接將劍架在了她脖子上，「妳到底說不說！」

「我看妳還是說吧，長痛不如短痛。」秋玨幫腔道，她也想知道桃妖是何居心，難不成是白麟那邊派過來的臥底？

「我崇拜教主大人，我要代替教主日行一惡。」

——妳這……屈服的速度有點快啊。

「我就奇怪了，妳一個妖精，幹嘛叫魔界頭頭為教主？說！妳是不是別有隱瞞？」

——嗯嗯，肯定別有隱瞞，絕對是白麟那廝派過來的臥底！

雖沒正面接觸過白麟，但秋玨覺得，他能在短短時間內坐上妖王的位置，肯定不是啥好東西，估計和裴老賊是一丘之貉。

就在桃妖百口莫辯的時候，她突然看到一頂轎子正向這邊接近，再看到來人時，桃妖眼睛亮了。

「吾王！快救我，這些道貌岸然的仙家弟子以多欺少，以強欺弱！」

——吾王……難不成是白麟？

秋玨的小身子不禁一個哆嗦，說曹操曹操到。

剛在心裡誹謗過對方的秋玨表示：莫名好心虛！

轎子越發近了，坐在上面的男子的容貌也看清了。

他一身錦衣華服，五官清潤如月，周圍瀰漫著無害的氣息。說是妖王，倒不如像是凡間的王侯貴族。

「浮玉仙尊，久仰大名。」白麟脣邊挑起一抹笑，眸光淡然的落到裴清身上。

裴清臉色一沉，不動聲色的將秋玨護在身後。

秋玨這時才想起那事，裴清誤以為她是白麟的孩子，現在人家已經來到面前了，這就有點尷尬了。

「殿下，你要救我！」白麟來了，桃妖也有了底氣，「你若是再晚來一步，我就成他的劍下魂了。」

白麟微微抬手，幾人將轎子放在地上，白麟起身，走向前面。

「浮玉仙尊，能否給我個面子，這小妖不懂事，等回去，我定好好教訓她！」

「師尊……」子旻皺眉，就算這傢伙不是那個女魔頭，但她危害人間是真，若是這樣放回去，怎麼能給百姓一個交代？

裴清沉默片刻，給了子旻一個眼神，子旻抿了抿脣，不情不願的拿開劍，後退幾步。

桃妖大喜，趕忙蹭到了白麟身邊說：「對了，殿下，那個女娃娃似乎就是你和浮玉仙尊生的孩子啊，模樣還挺喜人的。」

桃妖的一句話，瞬間讓氣氛變得詭異起來。

秋玨生無可戀，她的腦袋緊貼著裴清的大腿：這個蠢貨！妳不說話沒人當妳是啞巴！

白麟這才注意到還有一個小不點在，他視線瞥到裴清身後的一個小小影子，白麟想要看清楚些，奈何裴清將之遮擋的嚴實。

「那都是誤會，你說呢？」斐清道。

白麟一笑，輕輕點頭，「嗯，誤會，畢竟……」他頓了一下，又道：「我喜歡的……可不是浮玉仙尊這個類型的。」

桃妖：「……」妖王大人，你這是想搞事情啊！

裴清神色未變，「嗯，我也覺得妖王過於嬌弱了。」說著，視線若有若無的瞥向他身後的轎子。

秋玨扯了扯裴清的衣袍，她生怕白麟和他打起來，雖然沒有正面接觸過妖王，但從別人口中得知白麟的脾氣不怎麼好。打起來是小事，到時候就怕把她暴露出來，那真的玩完了。

「阿桃，我們走吧。」

「殿下……」桃妖扯住了白麟的衣角，「誰走啊？」

「妳走。」說著，白麟坐上了轎子。

——嬌弱！

——果真嬌弱！

妖王走後，幾人也收工歇著了。

回去的路上，子旻有些興致缺缺道：「師尊，那妖王不是大門不出、二門不邁嗎？這次怎麼會出現在這裡？」

裴清沒有回答，他握了握秋玨的小手，隨後停步。

「你們先回吧，我帶萌萌去個地方。」

「哎？」徒弟們詫異，可卻不敢多問。

走了一會兒，秋玨忍不住開口問：「裴清，你要帶我去哪？」

「一會兒就知道了。」

「哦。」

「萌萌想讓我抱抱嗎？」

「不想。」秋玨乾脆拒絕。

裴清神色略顯可惜，卻也沒有強求。

夜色空寂，唯有二人的腳步聲迴盪其中，踏著月色，秋玨不由得看向裴清，月影婆娑，他的身影籠罩其中，一片虛幻。

「你這次……為什麼同意我來？」

雖然秋玨不喜歡裴老賊，但也瞭解他的性子。裴清是真的將她當他自己的閨女看待，既然如此，他怎會讓她涉陷其中？

「妳不是想見她嗎？妳想見，我便帶妳來。只可惜，她並不是妳心中所想之人。」

裴清口中的她指的是「秋玨」，這個身體的母親。秋玨一愣，喉間驟然覺得酸澀。她咬了咬下唇，扯了扯他的小拇指說：「裴清，你抱抱我吧。」

「好。」裴清清淺一笑，彎腰將她抱了起來。

「要到了。」

他們穿過一條不算長的暗洞，快抵達洞口時，秋玨看到有細微的光傾瀉而入，那些光宛如細碎的流火。

出了洞，眼前的一切如畫卷一般呈現在秋玨眼前。

望向螢火縈繞的山丘，無邊無際的星河一直延伸到世界的另一頭，然而吸引秋�的不是銀河倒洩的夜空，卻是將樹木照亮、與夜色相舞的點點螢火。

裴清將秋玨放在地上，他們的腳步聲驚擾了螢火，一時之間，微光在他們周身散開。

「這裡好漂亮。」

「多年前曾來過一次。」裴清說，「往後去過崑崙丘的玉雪嶺，去過不周山的仙樹林，也觀賞過九重天的九霄池，可在我眼裡，那些景色都比不上這片淨土。」

秋玨就地而坐，「那你為什麼喜歡這裡？」

沉默一會兒，他說：「我在這裡……遇到一個很重要的人。」

——很重要……

「那他人呢？」

「走了。」裴清聲線喑啞，「走了，不會回來了。」

在那一瞬，秋玨的心忽地疼了一下，有些奇怪。

她忽視掉心中那怪異的感覺，安撫性的拍了拍裴清的小腿肚子，勸道：「裴清，天涯何處無芳草，何必單戀一枝花。對了，那人男的女的啊？」

裴清彎眸一笑，「不重要，現在我只愛萌萌。」

——哎？

秋．萌萌．玨女魔頭茫然的眨了眨眼睛，陡然紅了臉頰，她輕咳一聲，不自在的移開目光。秋玨身子往下移了移，緩緩躺在草叢上看著繁星遍布的夜空。其實現在是個下手的好機會啊，可是……她心情好，不想動裴清。

「萌萌……」

耳邊傳來裴清的聲音。

「幹嘛？」

秋玨一扭頭，唇瓣就蹭過了裴清的唇角，她一愣，滿是不可置信的看著裴清。裴清不知何時躺到她身邊，他正看著她，螢火的光在他黑色的眸中跳躍，宛如星辰。

剛才……她是不是親到了？

秋玨有些懵。

沒錯！她剛才絕對親到了！

完蛋了！她可能要變大了！

秋玨手忙腳亂的從地上爬了起來，「我……我突然想拉肚子，裴清你不准跟過來哦。」

「嗯？那我也……」

「你不准來！」秋玨警告道：「你要是來我就再也不理你了！」

再也不理你了。

不理你了……

致命一擊。

裴清妥協了：「那有事就喊我，我一直在這裡。」

來不及多想，秋玨一溜煙跑到了一邊的暗洞裡。在跑進去的瞬間，一股熱氣自四肢百骸騰起，這種感覺很是熟悉，她咬緊下脣，眉頭略顯痛苦的皺了起來。

秋玨跑向暗洞的另一頭，再出去時，已變為成人的模樣了，這次變的速度很快，過程也不是那麼痛苦。

秋玨試著運氣，法力恢復了一些，不過仍然薄弱。也不知什麼時候能真正的變回去。

秋玨苦惱的看著身上破碎的衣衫，她將碎布往上扯了扯，好遮擋住飽滿的雙乳。

等一會兒回去，她要怎麼向裴清解釋啊？

等等！現在不是逃跑的大好時機嗎？她竟然想著回到裴清身邊？這是腦子被驢踢了吧！

秋玨暗罵自己榆木腦袋，不過轉而想想，現在的她可不能回到魔界，到時候變成小女孩兒，不好向魔界教徒交代啊。

「殿下，你到底能不能找到你說的那個很好看的地方啊？要是找不到我們就回去吧。」

「再找找，若是真找不到，我們就回去。」

交談的聲音由遠及近，秋玨側耳仔細一聽，驚了，這不是那個傻桃妖和白麟的聲音嗎？他們怎麼還沒回去？

秋玨環視一圈，看情況，白麟他們要去的地方應該就是後面的螢火之林了，如果他們過去遇到裴清……沒準兒會穿幫啊！想著，秋玨扯下一塊碎布蒙住臉，確定沒問題後，一溜煙的跑了出去。

「誰？」桃妖已察覺到動靜，她飛身到秋玨身邊，將秋玨當路攔截。

CHAPTER

第一章

秋玨護著身體，小心後退幾步。

「阿桃，是誰？」

阿桃呆呆的看了她兩眼，「呃……殿下，你還是別過來了。」

「為何？」

「我怕你把持不住啊。」

說著，阿桃又往秋玨胸前多瞅了幾眼，如果她是波濤洶湧的話，那眼前這兩團……簡直就是波瀾壯闊啊！

結果阿桃話音剛落，妖王的轎子就到了。

秋玨垂著頭，默不作聲的站在原地。

白麟的視線將她從頭掃到腳，目光略過她玉白脖頸下的壯闊美景，又往她渾圓挺翹的臀上瞅了幾眼。

「先不說我把不把持得住，不過……」白麟抿脣一笑，「和妳一起的那個男子，肯定沒把持住。」

「噗——！」

一旁的阿桃噴了。

「殿下！你不能這樣，萬一姑娘遇到歹徒呢？姑娘，妳告訴我！」阿桃一把拉住了秋玨的雙手，「有沒有人欺負妳！」

秋玨微微挑眉，喉中發出一陣淺淺的哼笑：「如同公子所言，沒人欺負我。」

她的聲音又酥又媚，刻意壓低的聲線入骨三寸，饒是阿桃這個女妖精都聽得有些腿軟。

「若是沒事，我便回去了。再晚了，夫君該著急了。」說著，秋玨抽出手，步伐優雅的離開。

「等一下。」白麟叫住秋玨，伸手慢條斯理的脫下外衣，扔到秋玨身上，「慢走。」

秋玨後背一僵，她隨意將衣服套上，沒有回頭，直接離開。

望著她融入夜色的身影，阿桃不由得吞嚥一口唾沫：「她剛說……夫君？」

「嗯。」

「那她……紅杏出牆了？」

「嗯。」

「天啊！」阿桃捶胸頓足，「被她出牆的那個男人和牆裡的那個男人多幸福啊！」

白麟哼笑一聲，略顯嘲諷。

「殿下。」阿桃湊上去推了推他的胳膊，又往他某個地方瞥了瞥，「你真的沒那啥？」

「阿桃……」白麟斜眼看她，「本王是那種人嗎？」

「……」不知道你說的那種人是哪種人，但你肯定不是什麼好人！

白麟低頭碰了碰小指，小指上纏繞著一圈紅線，紅線纏得緊，已入了血肉。這條紅線唯有白麟一人能看到。

「我有心上人了。」

「殿下，你說什麼？」

「沒什麼。」白麟輕咳一聲，「我們回吧。」

阿桃朝秋玨離去的背影戀戀不捨的望了幾眼，她嘆了口氣，移開目光。

「殿下，你讓我坐坐轎子吧，好歹我當時救過你。」

「滾。」

「……」

——接下來要怎麼辦？

秋玨裹緊身上的衣服，白麟那裡是應付過去了。那裴清呢？

秋玨算了一下時辰，距離自己變大已經好一會兒了，這次似乎比上次持久，可能再來上幾次，她就能完全復原了。

待身體傳來那熟悉的痠脹感時，秋玨才回神。秋玨將身上那件屬於白麟的外衣扔到了一邊的草叢裡，隨後跳進一旁的泥潭滾了幾圈，再出來時，她已經變成了一條黑泥鰍。

秋玨摸了一把臉上的泥濘，撕下身上那幾塊碎布，這才慢慢悠悠的爬了出去。

「萌萌？」

果然，裴清來了。

此時的秋玨狼狽至極，月色下，她的全身上下都沾著泥土，原本柔軟的髮絲黏成一團，早已看不出原來的五官。

裴清震驚了，不就是拉個肚子，怎麼滾到幾里外的泥坑裡去了？

「發生什麼事了？」

「我在拉肚子的時候，有一隻兔子追我，我好害怕，就一直跑。然後不小心摔進那邊的坑裡，衣服都髒了，我就脫掉了。」

裴清對她的話堅信不疑，他皺了皺眉，上前幾步脫下了身上的外衣，隨後裹在秋玨身上，將她抱了起來。

秋玨身上又溼又黏，更散發著莫名的惡臭。裴清比一般人都喜愛乾淨，可此刻他眼睛都沒眨一下。

「怎麼這麼不小心？」

「我害怕嘛……」秋玨說得理所當然，「所以你幹嘛不把我弄乾淨再抱我，你的除塵咒呢？」

裴清一愣，轉而笑了，「忘了。」

「這怎麼會忘？」

「因為一直想的是抱萌萌，於是忘了。」

秋玨微愣，眼前的裴清讓她心跳莫名加快，脣角也不由得勾了起來。

裴清掐了一個除塵咒，這下她乾淨了，身上那難忍的氣味也消失了。裴清掐了掐秋玨白嫩的小臉，「還是乾淨點可愛。」

「我要是大人變的，你還會覺得我可愛嗎？」

「不管妳是什麼變的，妳都是裴萌，所以……」

——沒人比妳可愛。

秋玨有些羞。

她靠在裴清懷裡，耳邊是他沉穩的心跳聲。如果裴清知道……他的裴萌其實是他很討厭很討厭的大魔頭秋玨，那他還會覺得她可愛嗎？

※⊙※⊙※⊙※

任務不算圓滿的完成了，子旻對阿桃依舊怨念，一直絮絮叨叨的說著阿桃的壞話。

子霽有些聽不下去了，不由得多嘴說了一句：「你不會喜歡上那姑娘了吧？」

子旻呼吸一窒，漲紅臉頰，「師兄你別鬧了！我是正派弟子，怎麼會喜歡那樣的啊！」說著，子旻在胸前比了一個大圈。

子霽輕笑一聲，語調緩緩：「原來……師弟一直注意人家的那裡啊……」

子旻瞪大一雙好看的眼睛，他臉紅似火，半晌知道自己鬥不過子霽師兄，不甘心的跺跺腳跑到了秋玨身邊。

「師兄受挫了，要小師妹親親才能好。」

「你確定讓我親你？」秋玨斜眼一瞥。

子旻剛要點頭，就察覺到一股陰冷的視線直衝向他的後脖頸。子旻朝後看去，對上了裴清淡然的目光。子旻身子一哆嗦，著急忙慌的退到了一邊。

「一會兒就收拾東西，我們下午回去。」

「師尊，不如晚一天走吧。」子旻突然開口，「今晚都城有煙花會，萌萌一定喜歡。」

——萌萌一定喜歡？

秋玨忍不住翻了個白眼，子旻想去看煙花會就去看，幹嘛拉她下水啊！

「我不……」

喜歡那兩個字她還沒說出口，裴清便開口了。

「好，那明天走。」

秋玨：「……」這人怎麼從來不問問她的意見啊，好氣哦！

傍晚，街上已熱鬧起來，待完全入夜，煙花會便正式開始。

小販的叫賣聲不絕於耳，裴清牽著秋玨踱步在青石鋪成的街道上。縱使周圍熙熙攘攘一片，裴清依舊端的清冷，與世間一切隔離開來。

天色漸晚，黑夜如幕簾般緩緩席捲整個天空。街上的行人逐漸變得密集，裴清怕秋玨走丟，彎腰準備將她抱起，然而看到手上牽的孩子時，裴清不由得愣怔。

手上的孩子梳著兩個羊角辮，一臉呆萌的看著他。

「奴奴，我可算找到妳了！」就在此時，一個婦人上前抱起了女孩兒。

裴清呆呆站原地，看著人潮湧動，呢喃：「萌萌呢？」

就在此時，天邊乍響一朵絢爛的煙火，那豔麗奪目的煙火如同曇花一般，轉瞬即逝。周邊人發出一陣感嘆的驚呼聲。裴清無暇欣賞，只覺得有些煩躁。

「師尊！」不遠處，子旻與子霽二人向這邊小跑來，二人環視一圈，這才發現少了一個人，「小師妹呢？」

裴清抿脣，言語帶著失落和自責：「走散了。」

子旻一愣，趕忙輕聲安慰：「小師妹可能自己去山上看煙火了，我們先去山上找找。」

如今也只能這樣了。

裴清嘆了口氣，隨著徒弟向山上走去，山上視野寬闊，人潮湧動，然而並沒有他家萌萌的氣息。

就在裴清心傷之時，一柄匕首穿過樹林，穿過人群，帶著銳利鋒芒直向這邊攻來。裴清眼神一凜，伸手將那匕首夾在二指之間。

「誰？」利劍出鞘，子霽一臉警惕的將裴清護在身後。

裴清垂眸看向手上的銀質匕首，在上面綁有一張紙條，裴清將紙條解了下來，直接上面寫著一行小字——

你女兒在我這裡。螢火之林，片刻見。

「你們先回，我去去就來。」

「可是師尊……」

子旻話音未落，裴清便失了蹤影。

※⊙※⊙※⊙※

另外一邊，被白麟強擄來的秋玨表示自己很苦命。

秋玨如今在一座廢棄的宅院中，白麟正在舊搖椅上閉目養神，甚是悠然自在。秋玨瞪了白麟一眼，面露不甘。她記得當時被人群沖散了，緊接著遇到了幾個想拐賣自己的人販子，就在她要出手的時候，那個假冒她的阿桃出現了，然後……秋玨被阿桃帶到了白麟這裡。

話說他們不是回妖界了嗎？！

這兩個人每天在人間晃蕩，是有多閒啊！

還不如被人販子拐賣呢……

「阿桃，把那個胖竹筒拎過來，我瞅瞅。」

「好噠。」

阿桃麻溜的拎起秋玨，將之送到了白麟面前。

白麟半眯著眼，神色慵懶。

「這張臉……」白麟伸手碰了碰秋玨柔軟的下巴，「有點……」

「嗷嗚——」

秋玨張嘴，一口咬上了白麟的指頭。

白麟的臉……立刻青了，接著，他又笑了。

「呦呵，妳是第一個咬我的小孩兒啊，有個性。」

CHAPTER

第一章

白麟其人，儀表堂堂，氣質脫俗，內心陰險狡詐，在外性格溫和灑脫，深受小孩兒喜歡愛戴。

「呵，本想著把妳還給裴清，好讓他欠我一個人情。可是妳這麼有趣……我不想還了怎麼辦？」

白麟逗弄著秋玨，他捏了捏秋玨的小臉，每次秋玨要動嘴咬時，白麟便趕忙抽手，如此反覆，樂此不疲。

「愚蠢。」

秋玨冷哼一聲，懶得與白麟玩這種「你跑我追」的遊戲。她雙手環胸，不再看他。

白麟揉捏著秋玨軟綿綿的小臉蛋，又扯了扯她的包子頭，秋玨眉頭緊蹙，強忍著心裡的不滿。白麟有些想笑，此時秋玨鼓著腮幫子，厭惡和不耐的情緒滲滿了她整個雙眸，可她偏偏忍著沒有發作。

「你夠了哦。」忍無可忍，無須再忍。秋玨一把扯住了白麟的手指頭，「你再這樣……我就不客氣了。」

她手掌小，堪堪抱住他幾根指頭。

白麟歪了歪頭，抿脣笑了，「怎麼辦，我真的想把妳帶回去了。」

秋玨打了個寒顫，立刻甩開白麟的手，就在此時，秋玨看到了纏繞在他小指上的紅線。

「這是什麼？」秋玨指著他的手指頭，隨口一問。

白麟瞬間僵住了身子，他滿是不可置信的望向秋玨，嗓子像是被一塊石頭堵住一樣，讓他無法發出聲音。

「妳……妳能看到？」

「不就是在這裡嗎？一條紅線。」秋玨直接摸了上去。

喉間有些酸澀，在那瞬間，白麟覺得天地間的一切都變得蒼茫起來，他能聽見的、能看見的，唯有秋玨一人。

「除了我之外，沒人會看到它，妳是第一個。」

——哎？

秋玨仰頭，神色不明所以。

「靈秋。」白麟薄唇輕啟，說了一個名字。

震驚之情轟然乍響，秋玨愣了。

——靈秋……

——白麟怎麼會知道這個名字？

不管心裡多麼詫異，秋玨表面依舊維持著鎮定問：「那是誰啊？」

白麟沒有回答，只是低頭摩挲著小指上的紅線，他神色靜默，漆黑的眸子一片寂寥，長長的睫毛微微眨了眨後垂下，遮住眸底的瀲灩流光。

靈秋，那是白麟的心慕之人。

可惜……落花有意流水無情，靈秋始終惦記著另外一個男子，再後來……她紅顏薄命，香消玉殞。

白麟逆改天命，用盡畢生所學也無法救得了她的性命。靈秋死後，白麟怕找不到輪迴後的她，於是在自己與靈秋的手上纏了三生線，三生線牽引三生，待靈秋重新轉世，白麟會順著紅線找到她。

然而，等了幾乎有千年的白麟依舊沒有等到她，他的紅線，始終是斷著的。

白麟忽然拉住秋珏的小手，他緊緊握著她的手，細細觀察著她的每一根手指——沒有，上面沒有紅線。如果她真的是靈秋，不應該……不應該沒有的。

他小指上的線，還是斷著的……

心死，只在一瞬間。

「喂，你怎麼了？」

白麟覺得靈魂都缺了一塊，更糟糕的是，他隱隱有失控的跡象。

當時為了救靈秋，白麟習得魔教禁術喚魂咒，喚魂咒能救人起死回生，同時，它的反噬能力會使習得之人走火入魔，痛不欲生。每次發作，都會喪失人性，變得殘暴至極，直到完全被喚魂咒反噬。正因如此，白麟一直閉門不出，免得失控傷害他人。

白麟閉了閉眼，一把將秋珏丟在一旁的阿桃手上，「去把她交給裴清。」

「哎？」阿桃微愣，「殿下不去了嗎？」

「不去了。」

「哦……」阿桃抱緊秋珏，嘴脣蠕動，「可是……可是我不知道螢火之林怎麼走啊？」

白麟斜眼看她，「要妳何用。」

阿桃要哭哭了，要嚶嚶嚶了，她本身就……找不到嘛！

之前原本要回妖界，可是殿下突然說找到那個好看的地方了，要在那裡停留一段時間。阿桃本想跟著去的，結果被白麟嫌棄，還丟了回去。白麟為了補償阿桃，決定讓她去看煙花會，結果就碰上了差點被拐賣的秋玨。

「要不，你告訴我路怎麼走？」

「不用麻煩你們了。」秋玨打斷二人的交談，拚命從阿桃的懷裡掙脫出來。秋玨長呼一口氣，剛才差點被她的胸憋死。

「我知道怎麼走，我自己回去好了。」

「不行！」阿桃當下拒絕秋玨的提議，「妳長得這麼可愛，萬一被壞人拐賣怎麼辦！」

敢情這桃妖很關心她？秋玨有些小感動。

只聽阿桃又說：「妳丟了是小事，但浮玉仙尊可是會找我們算帳的，那就麻煩了！」

「……」所以妳只是怕裴清過來算帳嘍？！

「走吧，我把妳送過去。」

阿桃牽起秋玨的手，臨走時，她不由得扭頭看向白麟。白麟佇立在門口，身後襯著暗灰色的天空，他髮絲飛舞，衣袍微微翻滾，看著秋玨的眼神深邃而蒼茫……

視線裡的白麟逐漸遠去，直至消失。

直到最後，秋玨也沒弄清楚白麟怎麼會知道靈秋那個人。

第二章 這種親子活動仙尊想參加

「女娃娃，妳是裴清和誰生的啊？聽說那個浮玉仙尊六根清淨不近女色，難不成……」阿桃大驚，臉色瞬間變白，「自攻自受，自產自銷？！」

秋玨抽了抽眼角：姑娘，妳的腦洞有點大哦。

「我快到了，妳回去吧。」

「哎？」阿桃搖頭，「那可不行，我要把妳送到浮玉仙尊身邊。」

「妳是能把我送到他身邊。不過我怕……」秋玨嘲諷一笑，「妳有來無回啊。」

有來無回……有來無回……有來無回！

阿桃眨了眨鳳眼，驚了！

對哦，她現在形單影隻不說，也沒有靠山，那上仙要是以為她綁架了他家閨女，然後把她喀嚓了……

阿桃打了一個激靈，趕忙鬆開了秋玨的手，驚恐道：「那那那……那我在這邊看著妳，妳就……就不進去了。」

——膽小鬼。

秋玨暗地裡鄙視了阿桃一下，隨之順著暗洞走了進去。

穿過暗洞，螢火之林展現在秋玨面前，不管看幾次，這景色依舊是如此之美。

「萌萌……」

風將裴清的聲音帶到耳畔，秋玨一轉身，就撞入裴清的懷抱裡。他抱著她，力度不大，可秋玨感受到了裴清的驚慌和急切。哪怕一小會兒，裴清都不願讓秋玨離開自己的視線。

CHAPTER

第二章

「你來了啊，裴清。」

「嗯，我來了。」他說，語氣溫和。

「好，我們回家。」

「那我們回去吧。」

他牽起她的小手，螢火在周身飛舞，從森林那邊乍響的煙花吸引了她的目光。

秋珏朝遠處看去，感嘆說：「煙火真好看，可惜快結束了。」

「萌萌喜歡嗎？」裴清突然問道。

「也還好。」秋珏以前很喜歡看煙花、看廟會，那時的她喜歡湊熱鬧，可活得越久，時間過得越快，秋珏便越喜歡孤身一人。

「那我賜給妳一個更盛大的。」

裴清突然這麼說著，在秋珏愣怔之際，他一揮衣袖，五光十色將夜空點亮，那絢爛多彩的光傾滿了整個世界。

裴清白衣而立，彎腰將秋珏抱起，「好看嗎？」

秋珏已經呆住了。

各色煙火接踵而至綻放開來。最後，一個小人兒浮現在空中，看五官，是秋珏的模樣。

「以後不會把妳丟掉了。」

秋珏茫然的眨了眨雙眸，一扭頭便對上了裴清似水的眼神，瞬間心跳如鼓，不知所措。

※⊙※⊙※⊙※

「萌萌回來了嗎？」

剛進門，子旻便急衝衝的迎了上來。

「小師妹，妳沒事吧？」

秋玨將腦袋埋在裴清懷裡，閉口不談。看她不說話，幾人也沒有追問。

第二日，眾人啟程回了浮玉宮。裴清與妖王相會的消息不知怎麼傳了出去，瞬間，謠言四起。

《仙界頭條：浮玉仙尊與妖王白麟會面。》

「不得了了，老情人會面了……」

「聽說那個魔頭是一個小妖假扮的，浮玉仙尊非但沒有責罰那個小妖，還將她放了。這說明什麼？這說明顧慮白麟啊！」

「我就覺得裴萌那個丫頭和白麟有幾分相似，果然是白麟的孩子！」

「之前還覺得這是謠言，可兩個大門不出、二門不邁的大老爺們都同一時間出現在了南平都，不得不讓人懷疑啊……」

「問題來了，女兒是誰生的？」

「賭一百塊靈石，白麟生的。」

「加一。」

CHAPTER 第二章

「頂上。」

「你們這麼八卦，浮玉仙尊知道嗎？」

「……」

消息一傳十、十傳百，謠言從「浮玉仙尊與妖王白麟會面」變成了「浮玉仙尊與妖王白麟會面，因為孩子大打出手」。

傳到妖界的時候，又變成了——

「為了孩子，二人決定和好如初」。

又一天，謠言又變成了「浮玉仙尊準備迎娶妖王白麟」。

於是等白麟遊歷幾天回去時，妖界洋溢著一片喜色。就連他百年沒有變過樣子的宮殿都重新裝修了一番。

「殿下回來了！」

「殿下！我們支持你！」

「現在不同以往，別說你嫁給浮玉仙尊了，就算你嫁給魔界魔女我們都同意啊！」

「祝妖王殿下早生貴子——！」

齊聲聲一片。

「……」

妖王白麟，多年來維持著溫潤如玉的形象，可此刻……他只想將這些手下送上西天！

現在全仙界和全妖界的人都堅定認為秋玨是裴清和白麟生的孩子了。

秋玨表示：仙界和妖界遲早要完蛋！

一大早到了育仙苑，現在書院的孩子對秋玨是畢恭畢敬，每當她走來，眾人都自覺的讓開一條小路。

「過兩天要舉辦親子活動，不知道這屆親子活動是什麼內容？」元鳴支著下巴，將目光放到了秋玨身上，「裴萌，聽說妳之前下山去南平都了，那裡怎麼樣啊？」

沉思半晌，秋玨道：「煙火很好看。」

那是她此生看過的最好看的煙火。

元鳴一臉豔羨，「真好啊，我也想看煙火。」

「有什麼好看的。」和明哼了一聲，「你們要是想看，一會兒小爺就放給你們看。」

「哎？」元鳴眼睛刷的亮了，「和明，你會放煙火？」

「他不會放。」秋玨勾了勾唇，「他會噴火。」

和明呼吸一窒，小臉瞬間漲得通紅，「萌萌，妳別瞧不起我！我龍族的火焰是世間最好看的顏色！」

「那還不是火嗎……」元鳴瞬覺無趣，懶洋洋的趴在了桌上。

和明氣悶的哼了一聲，別開頭沒再搭理他們。

開課時，無虛真人果然講了親子活動的事，此次親子活動的內容是崑崙雪山挖寶，到時讓所有家長到場。

秋玨興致缺缺，他們魔界也有這種書院，不過教的都是打打殺殺、強盜教養。而仙界的孩子學的都是如何玩樂，沒有一點危機意識，所以說……仙界遲早要完蛋啊！

「還有，我希望某些人不要再出什麼餿主意……」無虛真人的視線輕飄飄的落了過來。

秋玨瞇了瞇眼：這個臭真人是想搞事情吧？不帶這麼差別對待的！

「就是這樣。接下來要教大家除塵咒……」

秋玨在心裡鄙視了無虛真人一下，她盯著眼前沾有汙漬的帕子，這麼簡單的咒語，哪用得著學？

「裴萌，妳上前為大家示範一下。」

無虛真人點名了。

秋玨懶洋洋的站起來，拿著帕子走上前去。

她環視一圈，臺下的仙界花骨朵們都用水汪汪、寫滿期待的眼神看著她。秋玨用飄浮咒將帕子浮在空中。這個咒語過兩天才會學，眾人見此，紛紛發出一陣讚嘆。

「裴萌！」無虛真人抽了抽眼角，「別做無用之事！」

秋玨深吸一口氣，掐了一個除塵咒，眼前的手帕瞬間變得潔白如雪，一塵不染。

「啪啪啪——！」

臺下爆發出一陣掌聲，再看花骨朵們望著她的眼神更崇拜了。

「不愧是浮玉仙尊和妖王白麟的孩子啊，果真厲害。」

「是啊，雖然她年紀小，但比我們都厲害呢。」

「無虛真人是覺得她聰明，所以才讓她上臺做示範的吧？」

「無虛真人可真喜歡裴萌啊～」

「我要是無虛真人，我也喜歡裴萌。」

無虛真人：「……」

秋玨：果然，仙界要完蛋。

「下去吧。」

「哦。」

拿著帕子臨下臺時，秋玨突然生了惡意，她偷瞄著無虛真人，脣邊扯出一抹壞笑，秋玨勾了勾手指，只見一大片噁心的汙黃色布貼上了無虛真人的臀部。做完這一切，秋玨輕咳一聲下了臺。已有學生注意到了秋玨的舉動，他們抿著嘴脣，強忍要爆發出來的笑意。

「今天到此為止，回去後要勤加練習，知道嗎？」

「知道了！」

無虛真人滿意的點點頭，收拾好東西走出了書院。

目送著無虛真人的背影，花骨朵們爆發出一陣大笑。

「哈哈哈哈！你們看到了嗎？無虛真人被整了啊！」

「是妳幹的吧，裴萌？妳行啊妳！」

「是啊，妳是第一個這樣做的，好期待無虛真人發現真相的反應啊！」

「哈哈哈哈！還是別發現比較好，要是發現的話我們就都完蛋了！」

CHAPTER

第二章

「裴萌，妳年紀小，可壞點子不少啊！」

「……」

原本只是一個小小的惡作劇，竟拉近了花骨朵們與秋玨原本的隔閡。秋玨本身不喜歡小孩子，可此時她被圍繞在中間，耳邊是他們的笑容，他們看著她的眼神乾淨而明亮。秋玨發誓，只有那一瞬間，那一瞬間，她的心柔軟了。

戲弄無虛真人爽了一時，可接下來就苦了。

秋玨又被叫家長了。

待裴清來時，秋玨正坐在堂裡的椅子上品著香茶，相反無虛真人黑著臉，很是不滿。洛元公看了看秋玨，又看了看無虛真人，有些苦惱。

被第二次請家長的裴清一進門就說：「好久不見，無虛真人的臉色不錯嘛。」

聽裴清說完，無虛真人一陣氣結。

「裴清仙尊，我們應該好好談談裴萌的教育問題了！」

今天一出門就迎接了書院所有學生的視線，還有仙師的嘲笑。無虛真人好面子，這還是他第一次這麼丟臉！而且是在學生的面前！

「哦？」裴清挑眉，輕車熟路的抱起秋玨，他看向懷裡的秋玨，笑得溫和慈愛道：「萌萌又調皮了？」

秋玨揉了揉有些發酸的鼻子，控訴的眼神落到了無虛真人身上。她嘟了嘟嘴，輕輕扯了扯裴清的手指頭，眼神很是委屈，「無虛真人冤枉我……」

無虛真人氣結，一拍桌子站了起來，吼道：「裴萌！妳年紀小小就學會信口雌黃，顛倒是非了？」

秋玨嚶了一聲，委屈的埋到裴清懷裡撒嬌說：「他凶！我怕！我不要在這裡上學了！」

此言一出，所有人都明白了，敢情這是變著法子想退學啊？！

在那一刻，無虛真人沒脾氣了，他重新坐回座位上，長呼一口氣平定下心情。

一旁的洛元公揉了揉發痛的腦袋，「裴清仙尊啊……事情是這樣的……」

洛元公將事情原原本本的說了一遍，裴清仔仔細細聽完，懂了。

他點了點頭，伸手摸了摸秋玨柔軟白皙的耳垂，語氣讚賞道：「萌萌好厲害，都會那麼高級的咒法了。」

「噗——！」無虛真人剛飲在嘴裡的茶全噴了出去，「裴清仙尊，她不懂得尊敬師長，還利用所學使恩師出醜，這難道是可以表揚的事情嗎？」

裴清點頭，「嗯，萌萌很厲害。」

「……」

——厲害個鬼啊！有你這樣教孩子的嗎？！

「恕我直言……」

「不用言了。」裴清打斷無虛真人的話，看向無虛真人發黑的臉色，淡淡說道：「師父傳授弟子本事，為的就是讓弟子學以致用。萌萌年紀小，做事雖有唐突，卻也不礙事。無虛真人斤斤計較，未免不夠大度。」

斤斤計較……不夠大度……所以到頭來怪他了？

無虛真人長呼一口氣，強壓下怒火問：「那她拉幫結派怎麼說？」

拉幫結派？秋玨眨了眨眼睛，咬著手指頭一臉天真道：「無虛真人，你這是一派胡言，我哪裡拉幫結派？」

仗著裴清在，秋玨已經不顧慮無虛真人的面子了。

「書院裡都出現什麼裴萌女王後援會了！妳敢說那不是妳建立的！」

秋玨還……真不知道！

殊不知，自從上次御劍大賽那件事，秋玨已經成為書院女王了。他們始終記得秋玨給陸淳遠的那記犀利的眼神，霸氣十足，必須擁護！沒想到現在卻成了無虛真人掐著她的把柄。

「那不是我建立的，和我無關。」

「怎麼就和妳無關？裴清仙尊……」

「我覺得挺好的。」裴清眸色淺淡，「這說明他們團結一心，目標一致，日後若發生什麼事，他們定能互幫互助。」

——哈？這……這怎麼就成目標一致，團結一心了？

——護短也不是這樣的吧！

「裴清仙尊……」

這時洛元公打斷無虛真人的話：「無虛啊，我看算了吧。看那孩子委屈的，她恐怕知錯了。裴萌，妳以後不會再犯了吧？」

要是這樣吵下去，還不知道要吵到猴年馬月。

秋玨知道洛元公這是給她臺階下，她玩夠了，也鬧夠了。秋玨從裴清腿上跳下，到無虛真人面前，向他深深鞠了一躬。

「真人，我以後不會再犯了，請原諒我，你若是還生氣，打我一頓出氣也行。」

——打妳？

——要是打妳，那一邊的裴清還不滅了他啊！

「算了，下不為例。」無虛真人揮了揮手，接著提醒道：「對了，後天是親子活動，裴清仙尊記得來。」

後天？

裴清的眉頭蹙了起來。沒記錯的話，後天他要去崑崙虛拜訪崑崙老祖，其他的都能推掉，但這個……可不能隨隨便便爽約。

「活動就不能改為明天嗎？明天我有時間。」

無虛真人已經懶得搭理裴清了，他忍不住翻了個白眼，說道：「裴清仙尊，仙界不是圍繞著你轉的。」

「哦。」裴清略顯遺憾的嘆了一口氣，「我以為是呢。」

「……」

「那好吧，我們先告辭了。」

待裴清領著秋玨出門，無虛真人又看向洛元公。

「那個裴萌身帶邪氣，一看就是心術不正。希望她不會危害到我們書院。」

洛元公尷尬的笑笑，「她一個小丫頭，能怎麼危害……」

無虛真人冷哼一聲，「但願如此……」

「以後不要淘氣了。」

敢情剛才都是裝傻啊？秋玨鼓了鼓腮幫，沒有說話。

「妳要是遇到比妳厲害的，把他們惹急了，打妳怎麼辦？」裴清又說。

秋玨心中微動，低低嘟囔一聲：「他們又打不過我……」

裴清許是沒聽到，繼續說道：「我在的時候，妳可以為所欲為。」

「你不打我？」

裴清低低一笑，摸上了她的腦袋，「只要妳不做出傷人行徑，我就不會打妳。」

所以還是會打的嘍？

秋玨握住裴清的手，她仰頭看他一眼。

不知為何，她竟然有些……小期待親子活動了。

親子活動前一天晚上，裴清決定和秋玨好好聊聊。

「萌萌，我明天……」

敢情把她叫過來只是說他激動的心情啊，裴老賊還真是幼稚。秋玨揮了揮手，打斷了裴清的話：「知道你很期待明天的親子活動了，這個你就不用多說了。」

裴清：「……」完蛋了，完全沒有辦法說出口了！

秋玨見他緘口不言，不由得心裡奇怪，她略顯困惑的看向裴清，「你怪怪的，是不是還有其他事情要告訴我？」

裴清輕咳一聲，「萌萌……」他的聲音不由得低了下去，「明日我可能沒有辦法和妳一起參加活動了。」

——哎？

秋玨愣住，又很快反應過來：「啊，沒關係的。我也不是很想參加那種活動。」

她臉上寫滿了漫不經心和無所謂，可直覺告訴他，萌萌不開心。裴清心裡更難受了，如果是其他上仙的邀請，那他肯定毫不猶豫的拒絕，改去陪著他家萌萌。然而這是崑崙老祖，整個仙界中的權威人物。

裴清的大手輕輕扣在了秋玨頭頂上，「我拜託子霽師兄和妳去。」

秋玨哼了聲，沒有作答。

——啊，她好像更不開心了。

裴清嘆了一口氣，試探性的問道：「或者……萌萌只想讓我和妳去？」

「不是啊，我怎麼可能很想讓你去！」她甩開裴清的手，「你忙的話就不用管我了，我也不想和子霽師兄去，你放心，我一個人也能參加的很好。」

說完，秋玨轉身離開。

她的背影逐漸在他的視線中遠去，裴清抿著好看的脣，半晌，長舒出一口濁氣來。

——算了，只能等結束後，好好補償萌萌了。

秋玨不開心，這種不開心從裴清告知子霽要代替他時加劇。以前她明明很討厭裴清出現在她的視線裡，也許是相處久了，又或許她還是對他念念不忘，所以才導致如今自己對他的眷戀。

這種感覺很是糟心。

※⊙※⊙※⊙※

第二日，親子活動準時在崑崙虛舉行。

這次活動內容是挖寶，崑崙山中埋藏著無數寶物，在太陽落山前，挖到最多寶藏的家庭獲勝。

此時大部分家長都跟著來到了場地，秋玨默不作聲站在角落，身邊站著子霽。

老實說子霽有些尷尬，他完全沒有當代理爹的經驗啊！何況用腳趾頭想也知道萌萌不是很想讓他來。

此時一邊的元鳴見了她，小跑過來問：「奇怪，妳爹呢？」

秋玨斜眼瞥向元鳴，「你管我？」

看她心情不好，元鳴也不敢多問，輕咳一聲去找其他小夥伴。

「所有人都到齊了吧？賽事馬上開始，裴清仙尊因為有事纏身，所以由座下弟子子霽替代。現在比賽開始，請各位在日落時重新回到這裡，我們將在那時決出勝者。」

「萌萌，我們進去吧。」子霽朝她伸出了手。

秋玨目不斜視，直接向深山走去。

子霽訕訕的收回手，有些尷尬的跟在了她身後，早知道將這活交給子旻那個小傻子了。然而現在為時已晚，他只能認命。

崑崙山山脈廣闊，靈氣蘊厚，山中常有各種神獸出沒，神獸有的性情溫和，有的以殺戮噬血為樂。

在所有人踏入崑崙山後，一道頎長的身影浮現在上空。

裴清在無虛真人面前站定，無虛真人神色詫異道：「裴清仙尊？」

「他們進去了嗎？」

「是，剛進去。」

裴清略顯遺憾的嘆了一口氣：「原以為能趕上見萌萌呢……」

無虛真人抽了抽眼角：怎麼這個語氣聽起來就像是一輩子見不到你家萌萌一樣。

「若不……我託信鳥去傳遞消息？」

「算了。約見了崑崙老祖，就不耽擱了。」裴清駕雲離去，末了又說：「我來的事……就不必告訴萌萌了。」免得她聽了會誤會。

無虛真人輕輕點頭，目送裴清離去後，他轉而也進了崑崙山。

第二章

崑崙山地形廣闊，並不是很難走。

秋玨嬌小的身子穿梭在深山與叢林中，從進來到現在，她已發現了不少寶貝，然而她並沒有動手去挖。

子霽跟在後面挖著寶藏，他看著秋玨的背影，終於忍不住叫住了她：「萌萌，妳不能什麼都不做。」

「我在走路啊。」

子霽輕聲說：「我們要一起挖寶，妳不能光走路。」

秋玨鼓了鼓腮幫子，「可是我不想和你一起挖寶。」

子霽呼吸一窒，放軟語氣，輕聲道：「我知道妳在怨師尊沒來，可是師尊有事纏身，若不然也不會丟下妳。」

秋玨冷哼，雙手環胸走在前面。子霽無奈搖頭，將寶貝收好後跟在了她身後。

不知不覺，二人走到了懸崖邊前。

秋玨眼尖的看到對面的陡壁上閃爍著淺淺金光，沒想到那些仙人將寶貝埋在那種地方。她自收納戒指中拿出定光。定光劍對她來說有些大，總不能一直揹著，於是不用的時候就收到戒指裡，也方便。

秋玨御劍飛向對面。等子霽回神，就發現秋玨已離開了自己的視線，等看清秋玨要做什麼的時候，子霽驚了。

「萌萌！快回來！」

「我在挖寶貝，等我一下！」

「那個不是什麼寶貝！」子霽急了，喚出輕劍向她飛去，「那是幻靈鳥設下的圈套！」

子霽的聲音被懸崖下衝擊而上的氣流吹散，聽起來模糊不清。秋玨已經接近金光，就在她伸手觸摸時，忽然聽到遠處傳來一陣刺耳的鳥啼聲。那聲音直衝耳膜，秋玨條件反射的伸手捂住耳朵，可腦袋依舊被震得嗡嗡作響。

鳥啼聲近了，秋玨順著聲音看去，瞬間驚愣。只見上空逐漸被黑色掩蓋，牠們將天空與日光盡數遮擋，而那密密麻麻的黑色正拍打著雙翅向秋玨衝來。

更近了，秋玨看清了牠們的模樣。

蛇臉鼠尾，長有雙翅和如貓般的豎瞳——幻靈鳥，崑崙山特有的食肉神獸，設陷阱迷惑對方，成群出現捕食獵物。

而此刻，秋玨成了牠們的獵物！

秋玨愣怔間，身後傳來子霽著急的呼叫聲。

「萌萌快跑！」

子霽甩了一個咒法過去，銀色的光打散了成群的幻靈鳥，藉此機會，秋玨從中穿出了重圍。而子霽的行為徹底激怒了幻靈鳥，牠們高啼一聲，把攻擊的目標轉向了子霽。

幻靈鳥們拍打著翅膀，從四面將子霽緊緊包裹其中，一時之間子霽無法使出任何咒法。

子霽費力掙扎抵抗著，朝那邊的秋玨低吼一聲：「別管我，妳快點走！」

秋玨看了子霽一眼，沉了眼眸轉身離去。

一個人單打獨鬥肯定不是這群畜生的對手，她留在這裡也只是給子霽添亂，倒不如回去找幫手。

然而幻靈鳥們看出了秋玨的想法，當下俯衝上前，尖銳的爪子抓破了秋玨身上的衣服和皮膚，緊接著叼住她的衣領，將秋玨狠狠的甩向一邊。

「砰——！」

身子撞向石壁發出沉悶的聲響，這麼一下，秋玨覺得自己的骨頭都斷了。

她的身體滾了兩圈，直直向懸崖下墜落，盤旋在上空的幻靈鳥們發出勝利般的啼叫，緊接著攻向了一旁垂死掙扎的子霽。

秋玨的意識有些渙散，視線裡天空的樣子開始模糊。蒼茫間，秋玨只能聽到自己的心跳和呼嘯在耳畔的風聲。

——要是這樣死了的話……

——那就太尷尬了！

陷入昏迷的最後一刻，秋玨將與自己一同墜落的定光召喚在身旁，她的小手緊緊抓著劍柄，只聽撲通一聲，秋玨掉落到懸崖下的一個暗洞中。

不知昏了多久，待秋玨醒來時，看到的是全然陌生的景象。

滴答滴答的水聲縈繞在耳邊，身下也濕漉漉一片，秋玨動了動手指頭，全身有些痠軟。

她咳嗽幾聲，緩緩的從地上爬了起來。

洞窟內飛舞的淺淺螢火讓她看清了這裡的模樣，此處四面是崎嶇峭壁，身下是冷如冰雪的積水。秋玨仰頭看去，洞窟很深，她遙遙看見懸掛在天空上的玄月，一片詭異的寂靜。

藉著螢火之光，秋玨低頭查看自己，胳膊和小腿都受傷了，從傷口滲透出的血已乾涸，傷口不算深，且開始結痂。她深吸一口氣，伴隨著呼吸她感覺胸腔悶疼，想必是受了內傷。

她好心累。

此情此景是多麼的熟悉，她上次也是這樣從上面掉下來的，也是掉在了一個坑裡，還倒楣變小遇到了裴老賊。

秋玨拖著受傷的左腳，一點一點向深處移動著。洞窟左邊還連著一條暗道，聽聞崑崙山下藏有大量罕見的稀世珍寶，也不知能不能讓她遇上。

螢火在前面為秋玨帶路，不知走了多久，她看到從前方傳來了淺淺的光。

——應該是出口。

秋玨加快了步伐。

果然是出口，不過……

這出口是建立在懸崖峭壁上，她若是再往前走一步，就會墜身崖底，屍骨無存。

「你奶奶的！」秋玨氣急敗壞的罵了一聲，她沒脾氣了，也沒力氣了。

秋玨懶洋洋的靠在一邊的石壁上，就在此時她看到在最角落裡，長有一朵小小的紫色花朵。花朵只有三片花瓣，黑色的花蕊被包裹其中，花朵無味，長得也普普通通。

但秋玨認出這可不是普通的花。

此花名為折仙草，之所以叫這個名字，就是因為神仙也拿它沒有辦法。此花劇毒，且無藥可解，修為淺的碰上一下就會魂歸西去，修為深的……沒試過。秋玨決定帶回去給裴老賊試試看！

秋玨將折仙草小心取下收在了收納戒指裡，聽說折仙草世間罕見且沒有種植的法子，如今能讓她在這裡遇到，這簡直就是運氣啊！她原本不好的心情因為這個意外之喜瞬間變得美妙起來。

上次從天上掉下來是為了接近裴清；這次從天上掉下來是為了拿到這個折仙草。

這說明什麼？

這說明是上天的旨意啊！是上天引導她，讓她殺死裴清啊！

——裴老賊，看樣子你命中注定要死在我的手上，有了這個東西，你的好日子到頭了！

休息了一會兒，秋玨喚出定光，御劍向上空飛去。

「那邊找了嗎？」

「找了，並沒有發現裴萌身影。」

「師父，東南方也找了，沒有找到。」

「師父，北邊沒有發現。」

「……」

此時書院的長老們都圍在崑崙山外，就連崑崙虛的弟子們都出動幫忙找尋秋玨。

夜色漸晚，無虛真人不由得看向一旁的裴清，裴清神色無喜無悲，雙眸平靜無瀾。

「裴清仙尊……」

裴清閉了閉眼，就在此時，他忽聽從遠處傳來一陣細微的響動。裴清瞇起雙眸，眸光放向遠方，隨後笑了。

「萌萌回來了。」

「哎？」

眾人順著裴清的視線看去，果真看到一道身影御劍而來。等近了，他們看清了來人的樣子，縱使周身狼狽，可依舊難掩其光華。

秋玨收回劍，跳到了地上，朝裴清揮了揮手，「呦。」

「過來。」裴清朝她招了招手。

「你來了啊？」

「嗯，怎麼弄成這樣？」裴清的手撫過她的傷口，一碰觸到，秋玨的傷口完好如初。

「我被幻靈鳥襲擊，然後掉到了下面懸崖。」秋玨言簡意賅，又問：「子霽師兄呢？」

「他沒事，已經回去了。」

「那就好。」

秋玨鬆了口氣，雖然她不喜歡這些正派弟子，但一碼歸一碼，那個時候子霽的確是好心要救她，最重要的一點是，要不是子霽幫她引開那群畜生，她就不會掉到懸崖下面，就不會

第二章

找到折仙草！

「人沒事就好，裴萌，切記下次不可這般莽撞。」無虛真人皺眉望著她。雖然心裡掛念秋玨，可無虛真人依舊維持著以往冷面的形象。

秋玨沉默的打量著無虛真人，無虛真人被她盯得有些發慌。片刻，秋玨開口道：「這次是意外，不會有下次了。」

「希望如此。」說罷，無虛真人轉身離開。

秋玨眨了眨眼睛，應該是她的錯覺吧……她竟然覺得無虛真人是有些擔心她？

——嗯，絕對是錯覺！

就在秋玨愣神之際，她被裴清抱了起來。

秋玨回眸看向他，「對了，你什麼時候過來的？」

「我一直都在，原本來拜訪崑崙老祖，害怕妳胡思亂想，於是沒有告訴妳。」

裴清應該是怕她鬧小脾氣，明明在同一個地方，可是卻不來和她玩。要是一般小孩兒，可能真的會鬧起來。然而，秋玨不是一般小孩兒。

「那你是怎麼知道我出事了？」

「該知道就知道了。」

——呦呵，又玩神秘感。

※⊙※⊙※⊙※

裴清帶著秋玨回了浮玉宮，弟子們也都知道秋玨在活動上出事了，見她平安回來，都鬆了一口氣。

回到蒼梧殿，裴清為她鋪開床褥，「睡吧。」

「裴清，我們一起洗澡澡吧。」秋玨扯著被子，撲閃著一雙大眼睛看著他。

裴清手指一頓，眸底閃過一道詫異，「萌萌……」

萌萌這是願意親近他了？這說明什麼？

這說明——

萌萌是在意他的！

他就知道他們家萌萌心裡善良又柔軟可愛，他的所作所為不全是無用功，這不，今天就看到了成效。

裴清心裡已樂開了花，唇邊含了一抹笑，「好，萌萌說什麼就是什麼。」

裴清抱著秋玨前往碧清池，望著那清澈見底的池水，秋玨眸中閃過一道精光。

「裴清，洗澡澡的時候要喝茶才帶感。」

「好。」裴清放下秋玨，轉而去準備茶水。

看著裴清的背影，秋玨摸了摸戴在手上的戒指，她按捺不住，臉上露出一抹陰笑。

裴清很快將茶水準備好，「那我們進去吧。」

「你先去後面換衣服。」秋玨伸手一指。

裴清嘆了一口氣，認命的走到簾子後。他褪去衣服，清潤的聲音傳了過來。

「我還以為萌萌會生氣呢。」

秋玨哼了一聲，從戒指裡取出了折仙草。

「萌萌，等下次……我們一起去參加親子活動吧，只有我們兩個。」裴清聲音柔軟，含著些許期待。

秋玨原本要扯下花瓣的手微微頓住，她看了看簾子後的裴清，又看了看手上的折仙草。她眉頭緊蹙，面露猶豫。

「我好像都沒有好好陪過妳，若妳想去哪裡，一定要告訴我。」

裴清衣服換好了，他走了出來。

「萌萌還沒有脫衣服嗎？」

秋玨哼了一聲，「我又不想洗了。」

「為何？」裴清皺眉，他們家萌萌……怎麼還是這麼的喜怒無常？

「哪有那麼多為何，我回去睡覺了。」說著，秋玨邁著小短腿出了碧清池。

裴清不明所以的歪了歪頭，剛才還好好的，怎麼又不開心了？

——莫不是……都說兒大不由娘，萌萌這是女大不由爹吧？

——或者……萌萌有了男女之別的意識？

想起等她長大些他們不能再親近，裴清就心痛如絞。

他端起一邊的茶飲了一口，將身子浸入池水中，緩緩閉上了雙眸。

——萌萌……要是永遠不長大就好了。

從碧清池出來時，秋珏一直罵自己豬腦子。

她剛怎麼就沒動手呢？！那麼好的機會，她為什麼就是沒動手！

秋珏將自己扔在床榻上，握起的小拳頭狠狠的在腦袋上捶了捶。

——豬腦子豬腦子豬腦子豬腦子！

怎麼會一時心軟！她的一時心軟錯過了一個絕佳的謀殺機會啊！

秋珏摸了摸戴在手上的戒指，她就知道和裴清待久了會變傻，不過沒關係，折仙草只要在她手上，她就還有機會。

「啪嗒、啪嗒、啪嗒。」

此時從外面傳來了一陣腳步聲，秋珏後背一僵，將被子往上一拉，翻了個身子緊緊閉上了眼睛。

裴清的腳步聲近了，他先坐在她床前看了她一會兒，緊接著為秋珏將被角掖緊，隨後小心翼翼的躺在了秋珏身旁。他剛沐浴完，身上帶著清淺的香氣，許是害怕秋珏醒來，裴清刻意放輕了呼吸。

秋珏微微睜開雙眸，半晌，又沉沉的閉上了眼睛。

第二章 這個秘密不能說

睡夢中，裴清感覺他家萌萌變成了一個女巨人，女巨人萌萌狂笑著，將他踩在了腳底。

「萌萌……」

裴清眉頭緊蹙，呼吸也有些急促。

而秋玨已經醒了，她半瞇著眼睛，卻見自己整個身子正趴在裴清的胸口上，她打了一個哈欠，看向了裴清。裴清被她壓得出不上氣，臉上的表情看起來有些痛苦。秋玨甚是不滿，她有那麼沉嗎？不過睡在裴老賊身上還挺舒服的，嘿嘿……

秋玨支著下巴，眼睛眨也不眨的打量著裴清，熟睡的裴清看起來溫和而又無害，他面白如玉，纖長的雙睫在白皙的臉頰上透露出兩片小小的剪影，他紅潤的脣微抿，很是誘惑。

秋玨小心的往前湊了湊，裴清的呼吸近在咫尺。眼看她的脣瓣與他相觸，秋玨又臨時改變了注意。

她竟然想親裴老賊！還好沒親，若不然就麻煩了。

秋玨輕咳一聲，紅著臉想從他身上爬下去，可此時，裴清雙手猛然將她摟住，秋玨身子一個不穩，只聽一個響亮的啵兒聲——

親到了！

竟然親到了！！

秋玨手忙腳亂的從裴清身上爬了起來，趁著裴清沒醒，秋玨一把扯下了他掛在一旁的外衣披在身上，緊接著動作俐落的出了寢宮。

天已大亮，有了前幾次遭遇，秋玨已經很是淡定了，反正變身維持的時間也不長，再者

第三章

浮玉宮的弟子們也不敢貿然打擾，所以不怕他們發現。實在不行，她再假裝扮成雕像。

這次變身很是麻溜，也沒有什麼痛苦感。她身上披著裴清的外衣，也沒有爆衫的尷尬，然而可惜的是……她的法力還是沒有恢復，所以到底要怎麼恢復才好啊？煩死了！

秋玨赤著腳在外面晃蕩著，保險起見，她決定前往靜心閣，待在那裡等恢復了，再回來找裴清。

打定主意，秋玨扭頭走向另外一邊，可就在此時，肩膀猛然被一隻大手捏住了。秋玨呼吸一窒，心跳頓時失控，她瞪大雙眸，眸中流轉著不可思議和驚慌。

——裴……裴清？

秋玨扯緊衣服，緩緩轉身，對上的……是一張熟悉的臉頰。

運氣不好的是，秋玨被人發現了。

運氣好的是，發現她的是不認人的帝舜神君。

帝舜神君望著眼前的人一臉迷茫。他是個臉盲，所有人在他眼裡都像是加了幻光，霧茫茫一片。

帝舜上下打量著秋玨，這件衣服他認識，裴清的；長髮……裴清也是長髮，然後這裡是浮玉宮，那麼眼前的人一定是……裴清！沒錯，這就是裴清！

「裴清，你怎麼變矮了？」

幾天不見，裴清都長奇怪了，不但個子矮了，還有……帝舜往她胸上瞥了瞥，是不是錯覺啊，總覺得……裴清的胸肌變大了？該死的，難不成他背著自己偷偷健身了？！

秋玨抽了抽眼角，不認人她還能理解，這還不識男女啊？

其實也不怪帝舜誤會，帝舜和裴清交好這麼多年，別說女人，一根女人的頭髮他都沒碰過，所以帝舜怎麼也想不到裴清的宮殿裡會出現一個陌生女子。

「我不是裴清師尊。」秋玨說。

帝舜身子一僵，滿目震驚。

——見鬼了！裴清的寢宮裡竟然出現女人了！

——師尊？

——聽聞裴清宮中來了一個女弟子，難不成……眼前這個就是？

帝舜又上上下下、仔仔細細的將秋玨打量個遍，她髮絲凌亂、衣衫襤褸、面色紅暈、赤著雙足，這……這簡直就是像……

「你們……」

秋玨抽了抽鼻子，面露嬌羞道：「帝舜神君，還望你見了裴清仙尊後，不要告訴他我來過……」

——哎？

帝舜懵了。

半晌，他略顯懷疑的看向她，「妳怎麼知道……我是帝舜神君？」

秋玨不慌不亂的扯著謊：「六界中誰不識帝舜神君呢！再者我曾與帝舜神君有過一面之緣，我這麼普通，不入帝舜神君的眼也是情理之中。」

真……見過？

就算見過他也不認識啊！

帝舜輕咳一聲：「妳這麼一說，我想起來了，的確是見過妳。」

這還真是死要面子活受罪。

秋玨扯了扯嘴角，微微委身，「師尊昨夜因心事困擾，於是我陪著師尊小酌幾杯，沒成想師尊喝過了頭，於是我們……」秋玨微微頓住，滿是懇求的看向帝舜，「我不願此事讓裴清師尊知道，還望帝舜神君保守這個秘密，就當是……就當是一場夢。」

女兒家顧面子，何況裴清的身分放在那裡，帝舜理解，當場點頭應下。

見時間差不多了，秋玨不敢再耽誤，扭頭向靜心閣跑去。目送著秋玨離開的背影，帝舜後知後覺反應過來有些不對。

裴清性子冷淡，就算有什麼心事，也應該找他，而不是找一個女弟子吧？何況……酒後亂性那種事，裴清根本做不了。

越想越不對勁，帝舜大步上前，一把拉住了秋玨的手腕。

「等一下，本王想了想，事情應該不是那麼簡單，妳到底是誰？」

智商怎麼突然上線了？完了，快沒時間了！

秋玨掙扎著：「帝舜神君，請您放手。不然我就大喊大叫了！」

帝舜冷哼一聲，握得更緊，「好啊，妳叫吧。剛好把裴清叫出來，讓他看看，妳到底是不是他座下弟子。」

秋玨氣急敗壞，磨了磨牙，張嘴咬上了帝舜的手腕，帝舜吃痛，趕忙將她甩開。因為劇烈的動作，她身上那件過於寬大的衣袍順著身體滑下，秋玨大驚，趕忙收緊。

然而帝舜還是看清了。

她胳膊上有一個黑色的……恍若火焰的紋身。

那是魔族教徒才有的紋身。

「好大的膽子！」帝舜怒了，雙眸中充斥著火焰，「爾等魔教教徒竟敢混進仙界，妳是何居心？！」

秋玨一驚，還是被認出來了！

「帝舜，怎麼一大早在我這裡大喊大叫？」

這時，裴清的聲音自裡頭傳來。

——完蛋了，裴清來了。

秋玨急出一頭冷汗，她拚命掙扎著，然而帝舜的手如同鐵鉗，讓她無法動彈絲毫。

「裴清，你來的正好，你宮裡混進了一個魔教教徒，如今被我抓到了。」

「魔教教徒？」裴清眉頭緊蹙，看了過去，隨即濃眉微挑，轉而笑了，「嗯，這魔教教徒……真是膽子大呢。」

「是吧！」帝舜不勝得意，「如今我幫你抓到了，你可要如何感謝我？」

「比起感謝你，我更希望你能放下你手上的『魔教教徒』，你那樣吊著我家萌萌，她很不舒服。」

第三章

——哎？

帝舜這才覺得有些不對勁，扭頭看去，對上了一雙萌萌的大眼睛。他手上本握著的手腕不知怎麼變纖細了，而那個女子……竟然變成了一個小丫頭！

帝舜用力眨了眨眼睛，不是錯覺……那個魔教教徒，真的變成他弟媳了！

「裴清，你聽我說……」

「嗚哇——！」

帝舜的聲音被秋玨的哭聲所掩埋，她哭得上氣不接下氣，豆大的淚珠一顆接著一顆從她雙眸中滾落。

裴清皺眉，趕忙將秋玨從帝舜手上奪了過來。

「萌萌別哭，怎麼了？」

「疼……」秋玨將手腕伸到他面前，她整個手腕已被捏得青紫了。那刺目的顏色與她潔白的胳膊形成鮮明的對比。

「帝舜，可以先請你離開嗎？」裴清語調清冷，臉色略顯怒意。

「裴清你聽我說……你這個孩子根本不是什麼孩子，她是……」

「帝舜神君捏得我好疼，我以後不和他玩了，他欺負我。」

秋玨抽抽噎噎的控訴著帝舜。裴清沒再看帝舜一眼，抱著秋玨轉身進屋。

「裴……」

帝舜有苦難言，裴清已經走火入魔了，就算他說出來，裴清可能也不會相信……這可怎麼辦？

這個魔教教徒也不知使了什麼妖術，竟然能變大變小變無辜，把他的好友迷得團團轉，要是她想殺裴清……

帝舜後背一涼。

要是她想殺裴清，那可是輕而易舉、不費吹灰之力啊！

不行，他必須要阻止那個假萌萌！他要想辦法告訴好友——你的女兒是個假女兒！

※⊙※⊙※⊙※

次日學堂——

「裴萌妳沒事吧？那天都說妳掉下懸崖，我們還以為妳怎麼了。」

一進書院門，小夥伴們都圍了上來，嘰嘰喳喳說個不停。

秋玨還真不知道自己什麼時候變得這麼受人歡迎了。她還沒說話，和明便趾高氣揚的擠開人群，走到了她面前。

和明憑空變出一朵玫瑰，將之送到秋玨面前，神色傲嬌，可臉上的紅暈出賣了他，「慶祝妳回歸，我的公主。」

秋玨：「……」

「不過裴萌……妳確定妳爹不給妳找後媽嗎？」

——後媽？

秋玨皺眉，「什麼後媽？」

「就是那天啊，妳爹沒和妳參加親子大賽，肯定是約會去了！」

秋玨呼吸一窒。這……這什麼和什麼啊？

「去去去，你們胡說什麼呢？！他是公事纏身，才不是去約會！」

見她有發火的跡象，小夥伴們也不敢多做打擾，嘟囔一聲回到了自己的座位上。

人一散開，和明突然說：「其實找個後媽挺好，總比找妖王好。」

——好個屁！

秋玨狠狠踩上了和明的腳面，和明的臉是瞬間青了、綠了。

現在所有人都認為秋玨要多一個後媽了。

都說有媽的孩子是個寶，沒媽的孩子像根草，有後媽的孩子還不如草。如果說以前的萌萌是個女王的話，那麼現在就是草根女王了。

眾同學：心疼！

一時之間，眾人看著秋玨的眼神都微妙起來。

「裴萌！」坐在秋玨前兩排的仙界花骨頭突然上前和她搭話道：「要是妳爹真的給妳找了後媽，沒關係，妳可以來我家。」

「對！妳要記著，青龍書院的所有學生都是妳的後盾！」

「沒錯！我們的家就是妳的家！」

——啥？

秋玨有些崩潰，「我說了很多次，我不會有後媽！」

同學甲：心疼，都開始自我安慰了。

同學乙：可憐的裴萌，以後可要怎麼辦啊？

同學丙：雖然裴萌平時不合群，可此刻的她卻是最孤獨的，她需要我們所有人的關心和愛護！

秋玨：「……」

她決定了！她要抓緊時間退學！不然遲早要完啊！

散學時，秋玨早早收拾好東西，結果剛出門就迎面撞上了男人的大腿肚子。

秋玨後退幾步，在看到來人時，秋玨倒吸一口涼氣，迅速垂頭，想從一旁穿過。

帝舜的大手扯住了秋玨的小背包，不讓她往前再走絲毫。

帝舜望向無虛真人，說：「裴清因事不能來接萌萌，我代替他前來。」

帝舜神君與裴清交好，這是眾所周知的事情，無虛真人也沒有懷疑，當下點頭應下。

「和明，收拾好就出來。」

「好噠！」和明飛快走到帝舜身旁，「王兄，萌萌也和我們一起嗎？」

「嗯，今天她和我們一起。」帝舜左右手一手拎起一個，他一點也不怕裴清來，畢竟剛才他已找幾個無事的散仙去纏著他了。

秋玨很快意識到帝舜有企圖——他這是想背著裴清殺人滅口啊！

秋玨晃蕩著兩條小短腿，掙扎道：「我和你不熟，不跟你走！」

「很熟了。」帝舜冷笑一聲，「畢竟妳是我認定的弟媳。」

神他媽認定的弟媳！她要是跟帝舜去了，那可真就是有去無回！

不明真相的和明淡定的勸解著神色激動的秋玨：「萌萌，妳只去過龍澤一次吧？上次也沒有好好的帶妳玩，這次我一定會讓妳好好參觀參觀我們龍族居住之地，畢竟那也是妳日後的家，早瞭解是必須的。」

和明說得那叫一個理所應當，秋玨一口氣憋在喉間，差點沒喘上來。

最終她沒反抗，被強行帶到了龍澤。帝舜將兩個娃放到地上，和明拉住秋玨的手，興沖沖的想帶她參觀宮殿。

「等一下，和明。」帝舜喚住了自家幼弟，他眼皮子懶洋洋耷拉著，眸中帶有和明看不懂的情緒。

「我有些事想和裴萌商量，就一會兒。所以你能先離開嗎？」

注視著自家大哥的眼睛，和明心中突然湧出不好的預感，可他也不敢多說，望了秋玨一眼，不情不願的點了點頭。

「……和明。」秋玨拉住和明的手，衝他輕輕搖了搖頭。

「大哥……」和明略顯猶豫。

帝舜摸了摸和明的腦袋，「放心，我不會對萌萌做什麼的。」

和明咬咬下唇，最終妥協。

——要完了。

和明一走，這下子只留下她和帝舜了。現在她小胳膊小腿，壓根不是帝舜的對手，不，就算她恢復了，也可能不是帝舜的對手。

偌大的正殿中只有帝舜和秋玨二人。

秋玨的小身體被他高大身軀的陰影覆蓋著，帝舜垂眸看她，深邃的眼瞳中是一片幽寂的陰冷之光。秋玨也不慌亂，只要她再支撐一會兒，裴清就趕到了，到時候她就安全了。

「妳到底有何目的？」

「沒目的。」

「妳是奉了魔教教主旨意，來迷惑裴清，傷他性命的嗎？」

說得沒錯，她的確是想傷裴清性命。

見她沉默，帝舜更加堅定了內心的想法：「看樣子妳是默認了，既然如此……」帝舜對她伸出手，「我就幫裴清解除妳這個禍患吧。」

「等一下！」

「嗯？」帝舜挑眉，「妳還有什麼遺言要說嗎？」

秋玨眼珠子轉了轉，笑了，「既然帝舜神君發現了我的身分，我也不多做隱瞞了。」

「嗯？」

「其實……」秋玨緊咬下唇，臉頰上染了薄暮的橘紅，她眸中帶著羞意，「其實……我變成這樣是個意外，被裴清仙尊帶回來也是個意外。但我發誓，我絕對沒有害人之心！」秋玨說得情真意切，「我之所以不走，是因為我喜歡裴清仙尊。」

「想必帝舜神君也知道，我家教主和仙尊向來不和，魔界教徒若是有崇拜仙尊的，格殺勿論。而我……更不會讓教主和仙尊知道我這份情誼。」

沉默片刻，帝舜開口了：「……腦子是個好東西，我有。」

秋玨：「……」

「我給過妳機會了。」帝舜寬大的手緩緩向她伸了過去，「妳放心，我會給裴清一個答覆的。」

秋玨臉上失了笑意，她直視著帝舜，眸中沒有波動，更沒有畏懼。

「那你最好快點動手，不然……有你好受的。」

帝舜揚了揚眉。可以啊，小小魔族教徒竟然敢威脅他，這還真是頭一遭。

就在這千鈞一髮之際，一道氣勢勢如破竹的攻破正門，直直向這邊衝來。帝舜的手指一僵，不由得看去。

正殿的大門已經被損壞了，裴清逆光而來，身姿如若霽月。

望著前來的裴清，秋玨嘴一癟，薄霧染上雙眸。

「裴清，他欺負我！」

帝舜不可置信的瞪大眼睛，差點咬了舌頭。她剛才還那麼盛氣凌人的威脅他呢，怎麼現在倒成了受氣小媳婦？變臉也不是這樣的吧！

帝舜神君表示自己很委屈。

「裴清，你聽我解釋！」

「他要我嫁給他！」秋珏厲聲說道，她小胸脯一起一伏，哭得甚是委屈難過，「我說我要嫁給你，他就生氣了……要打我。」

老實的帝舜有些懵：魔族的人都這麼臭不要臉、厚顏無恥嗎？

帝舜生怕裴清誤會，氣急敗壞的跺跺腳，「裴清你聽我解釋……」

「帝舜。」裴清打斷帝舜的話，「我不想聽你解釋，我只相信萌萌說的話。」

帝舜氣悶道：「她……她滿口胡言，你不能相信她！」

「就算她滿口胡言，我也相信。」

這是真的被魔附身了啊！

帝舜有些無力，他閉了閉眼，聲音無力：「罷了，隨你。」

「萌萌……」裴清衝秋珏揮了揮手，「過來。」

秋珏抹了一把眼淚，屁顛屁顛的跑到裴清身邊。秋珏伸手抱住他的大腿，仰頭淚眼矇矓的望著裴清。裴清心一軟，不禁對她露出一抹笑來。

這頭是「父女」情深，那頭的帝舜只覺得不忍直視。他改變主意了，他決定不把真相告訴他的智障好友，若是說了……他真怕裴清一蹶不振，駕鶴西去。

「你們快走吧，別再我眼前晃蕩了，暈。」更氣！

裴清看他一眼，「帝舜，以後離我家萌萌遠點。」

——到底是我重要，還是你家萌萌重要啊！？

帝舜差點沒忍住問出這個問題。

也幸好……他沒有問出這個問題，因為絕對會得到讓他心傷的回答。

「以後除了我，不管是誰接妳，妳都不能跟著走，知道嗎？」

秋玨點點頭，可這種事情哪是知道就能避免的，帝舜神君一個大男人，而她手無縛雞之力，若是人家用強的，她還不是要乖乖的跟上去？

「裴清……」秋玨拉了拉他的手，「假如我真的騙了你，你要怎麼辦？」

「一個好父親，會原諒女兒的所有謊言；反之，妳日後若是找了心上人，他不肯接受妳撒的謊，說明他本就不愛妳。」

裴清同時在心裡想著：哦，萌萌也不會找心上人的，呵呵。

※⊙※⊙※⊙※

群仙宴即將來臨。群仙宴，乃是各路上仙聚集之日，各地的散仙、遊仙都會在這天前赴崑崙，相互交流道法。

裴清自是要參加的，並且還要帶他家萌萌去參加。

秋玨表示不開心不樂意，她活這麼久，只參加過群魔宴，沒參加過群仙宴，更對群仙宴不感興趣。

像沒看到秋玨眼中的排斥一樣，裴清興沖沖的為秋玨縫製著隔天要穿的衣裳。

對於神仙來說，衣服這種東西隨便掐個咒就有了，可裴清喜歡親自動手，他喜歡為萌萌做衣服，那種一針一線縫製出來的不是衣裳，是踏實和滿滿的愛。裴清窩在榻上，修長的手指穿針引線，沒一會兒一隻栩栩如生的鳳凰就繡了出來。

「你怎麼繡鳳凰？」像她這麼小年紀的，應該穿點帶小花小草的才對。

裴清掀了掀眼皮，道：「妳就是鳳凰，沒什麼不妥。」

——這……厚顏無恥！

——不過……

秋玨捂臉，心想：怎麼這麼開心呢？

「裴清。」秋玨扯了扯他的袖袍，「你也教我繡吧。」

「萌萌怎麼想學這個了？」

秋玨臉上倏地一紅，「沒什麼，就是想學了。」

裴清手上的針線穿過布料，他面上沒什麼表情，可內心已翻江倒海，不是滋味起來。自從去了育仙苑，萌萌比以往變得活潑，身邊也有了不少「追求者」，比如那條討人厭的小青龍，比如那個光頭什麼明，再比如她那些女王後援會粉絲們……

想想就讓人討厭！

裴清手上一用力，針斷了。

他淡定的拿了一根新的，說：「等萌萌大些再學，針線危險，傷著妳就不好了。」

「無妨，萬事開頭難，我若是連針線這種簡單的事都不會做，以後能成什麼大事？」說得很有道理啊！書上說父親千萬不能打擊孩子們的熱情，否則那會讓他們喪失學習力和鬥志。

裴清將秋玨抱上榻，把一旁剩下的布料送到她手上。

「繡吧。」

「可是我不知道繡什麼。」

裴清淡淡一笑，「想繡什麼就繡什麼。」

秋玨握著針線，精緻的眉頭緊緊的皺了起來。

這是她兩輩子來……第一次拿針線。

秋玨是個粗人，遠沒有裴清來得細緻，穿針引線、琴棋書畫向來與她無緣，不過嘗試一下總歸是好的。秋玨抱著布料，胖乎乎的手指有些艱難的握著長針。

裴清將衣服的最後一片花紋繡好，他抽空瞥了秋玨一眼。見她盤腿坐在他身邊，雙眸專注的做著手上的針線活。

裴清忽然有些恍惚，手上不穩，針尖刺入到指腹上。豔紅的鮮血自指腹墜落，與紅色的鳳尾所融合。

「啊呀！」愣怔間，秋玨的小手捧住了他的大手，「破了。」

「沒事，小傷口。」

「小傷口也是傷口，你不能不愛惜自己。」秋玨在他傷口上呼了一口氣，那個小針孔瞬間消失不見。

秋玨得意一笑，「厲害吧？」她法力恢復很慢，到今天為止只能使出幾個簡單的咒法。

裴清抿了抿唇，大手撫上她的頭頂，在上面輕輕的揉了揉。秋玨本是很討厭他的觸碰，可此刻，她卻莫名享受。

「要是把萌萌帶出去，大家一定都很喜歡妳。」

「敢情你帶我過去，只是炫耀啊？」

裴清笑笑，沒有說話。

「做好了，萌萌去試試。」

只見裴清動作俐落，沒一會兒一件衣服就做了出來。秋玨再看自己，望著手上皺巴巴的布料，不禁幽幽的嘆了一口氣，放下針線，轉而拿起衣服走向了簾子後方。

裴清又是一陣惆悵，想當初都是他替萌萌換衣服的，現在萌萌都懂得避諱了。

再等秋玨換衣服的空子，裴清拿起了她繡了半天的繡花，只見那紅色的綢布上用黑色針線歪歪扭扭繡了「裴清」二字。

恍如暖陽來臨，冰雪消融，他的心中是一片柔情密意。

秋玨已經換好了，她扭捏的從簾子後方出來。

胭脂色的長裙更襯得她精巧可愛，丱髮下是一張白皙帶著嬰兒肥的小臉，她的眼睛又大又亮，泛著晶瑩的光。

秋玨咬著手指頭，略顯不安的看他一眼，「是不是很奇怪？」

裴清微微挑眉，「過來。」

秋玨走上前。

裴清細細整理著她腰間的絲帶，他湊得很近，胸膛寬厚，氣息清雅。秋玨的心跳登時快了，一種說不清道不明的感覺在心間蔓延。

「都不想把妳帶出去了。」

「嗯？」

「因為萌萌太可愛了。」裴清捏了捏她的小臉，「好怕萌萌被人搶走。」

——哎？

秋玨耳根一熱，不自在的瞥開視線。

——這個裴老賊，什麼時候這麼會說話了？

※⊙※⊙※⊙※

第二日，群仙宴上，裴清帶著秋玨姍姍來遲。

崑崙虛內，崑崙老祖位於宴會正中上座。下方是早已入座的各路仙者。迎著眾人打量的目光，裴清牽著秋玨坐在了自己的座位上。群仙宴百仙聚集，裴清本擔心她怯場，卻見她神態自若，淡定非常。

裴清有些欣慰，將仙漿果汁送到她面前。

「這就是裴清仙尊的女兒嗎？」崑崙老祖的視線落了過來，他的氣勢極強，給人一種窒息的壓迫感。

也難怪，在裴清尚未接手仙界事務之前，崑崙老祖一直是六界內人人畏懼卻也敬仰的存在，他居住在崑崙仙地，擁有強大的修為和無人能敵的魄力。

秋玨回視他，不見畏懼，神色無波無瀾。

崑崙老祖眸光一凜，淡淡錯開了視線。

「大家難得相聚，此次宴會，盡情暢飲便是。裴清仙尊，能否來一下？我有事要與你商談。」

裴清看了秋玨一眼，想了想，輕輕點頭。

「萌萌，妳坐在這裡不要亂跑。我去去就來。」

「好。」

裴清起身，撫平衣袖跟在了崑崙老祖身後。

崑崙瑤池，仙氣靈蘊。

晶瑩通透的瑤池水倒影著裴清頎長的身影，他不說話，靜靜觀賞著瑤池美景。

「裴清，那個孩子……不是你親生的吧？」

「與她投緣，便帶回來了。」他淡淡道，不願多說。

「按理說你的事我不應該過問，可是裴清，這孩子給我的感覺……和靈秋一模一樣。你可還記得靈秋？」

裴清顫了顫雙睫，他錯開視線，瑤池周邊的花開得甚是好看，各種顏色，爭奇鬥豔。

「記得。」

他說，聲線嘶啞。

「我勸你……別重蹈覆轍。」

「崑崙老祖。」裴清收回視線，漆黑的瞳如墨，幽深，冷淡。

「今時不同往日，老祖無權過問我的生活和決斷。」

崑崙老祖喉間一哽，半晌無言。

「若是無事，我便回了。」

他轉身離開，背影孤傲而寂寥。

崑崙雖大，卻是個無情幽冷之地。這裡的雪濃得化不開，這裡的光陰讓人徹骨生寒。

靈秋不喜歡這裡。

裴清也不喜歡這裡。

裴清走後，留秋珏一人在宴上。

偶有仙人將好奇的視線投落到秋珏身上，秋珏有些不自在，她屁股在墊子上扭了扭，最終坐不住，小心起身從後門溜了出去。

崑崙山脈綿延不絕，翻滾的雲層銜接著蒼茫無際的崑崙雪山，直延伸到世界的另一頭。

薄暮的光穿透雲層，揮灑大地，在其中破碎成片片光暈。

「啪——」

突然，一顆小石子砸上了秋玨的後腦杓。

她吃痛皺眉，扭頭看去。

秋玨身後站著一名少年，大概十五、六歲，一身紫色長袍，眉眼傲慢而輕佻。

「妳就是裴萌？」

聽這語氣……肯定是來找碴的。

此次是群仙宴，來這裡的仙人數不勝數，秋玨不想生亂子讓裴清難堪，便沒有搭理他，準備扭頭離開。

「妳就是害淳遠前程皆毀的人？」他又問。

秋玨皺了皺眉，邁著小短腿從另外一條路離開。

「啪——」

又是一顆石子。

石子一顆接著一顆砸在秋玨後背上，她腳步頓住，雙手緊握，又鬆開。

「你誰啊？」

「肯理我了？」少年一笑，「我叫孟陽，淳遠的師兄。」

「哦？」秋玨挑眉，「你這是為你師弟報仇來了？可惜我不想和你玩。」

「差不多。」孟陽依舊是一臉笑嘻嘻的樣子，「託妳的福，淳遠日後……再也不用留在

CHAPTER

第三章

書院裡了。」

那次落敗後，陸淳遠在書院裡的日子並不好過，四大書院的人聯合起來找他麻煩，除此之外，同門的師弟們也瞧不起他，處處為難他。師父和師兄們看見了，也都是睜一隻眼、閉一隻眼，畢竟輸給一個還在吃奶的小丫頭，實在是一件丟臉的事。

陸淳遠心高氣傲慣了，連續的打擊一下子讓他失去了信心和鬥志，師父的放棄更讓他崩潰。後來他本想找秋玨再比一次，結果路上摔下了懸崖。這麼一摔，整個人都傻了。

孟陽和陸淳遠關係最好，師弟的一蹶不振讓他心痛萬分，結果不巧，今天就遇到了殘害師弟的仇人……

秋玨挑了挑眉，「可這件事好像和我沒什麼關係吧？」

「怎麼就沒關係？若不是妳……淳遠怎麼會落得那樣的下場？」

——有趣。

秋玨收回視線，與孟陽擦肩而過，嘲諷說：「明明是他自己心裡脆弱玩不起，怎麼就成了我的職責？若要怪，也應該怪你的師兄弟和師父，若不是他們好面子苦苦相逼，你的師弟也不會那麼慘。我看你還是找他們算帳去吧。」

陸淳遠的事她有所耳聞。在秋玨看來，陸淳遠簡直就是活該，是自討苦吃！他有那樣的結局，也是他自己找的。

秋玨的話戳中了孟陽那根脆弱的神經，他拔劍，對準秋玨。

「妳敢說妳當時的所作所為不是故意為之的嗎？妳敢說現在這種局面不是妳造成的嗎？

妳敢說妳對他沒有一點惡意？」

秋玨扭頭看向他，伸手輕輕彈了彈那把利劍，「你叫孟陽對吧？你有沒有想過，若不是他當初心高氣傲挑釁我，就不會有這種局面。我是不喜歡他，可是他要是不來招惹我，我怎麼會招惹他？你以為人人都和你們門派一樣，動不動像瘋狗一樣亂咬人？哦，還有……他瘋了我還滿開心的。」

「妳……」孟陽一張臉瞬間黑了個徹底，他握劍的手微微顫抖，視線緊盯著秋玨，幾乎咬碎了一口銀牙。他的師弟本有著大好前途，可現在……師弟孤身一人瘋瘋癲癲的待在那無人的院落中。孟陽心中的那絲小火苗瞬間竄成熊熊烈火，燒光了他所有的思緒和理智。

「既然如此，我也無話可說。」說著，孟陽手上的劍刃直向她面門刺去！

秋玨眼睛眨也沒眨，快速瞬移到孟陽身後，孟陽身子一個踉蹌，手上刺了個空。

秋玨言語冷淡：「我勸你到此為止。」

——可惡！

孟陽咬了咬下唇，繼續向她攻去。

秋玨不出手，只是躲避著孟陽的攻擊。孟陽資質不錯，奈何太過急躁，再加上憤怒的情緒左右了他的思緒，他的劍法凌亂，毫無章法可言。

劍氣劈開了身後的銀樹葉，墜落下的銀色樹葉與白雪交融，秋玨朝孟陽丟了一個雪球，他一劍劈開，雪花四散，令他看不清周邊的樣子，只能朝四處瞎晃著。

秋玨忍不住，噗嗤一聲笑了出來。

孟陽氣急敗壞的大吼道：「妳躲來躲去莫不是怕了？有種正面幹！」

秋玨：「沒種。」說著，又丟過去一個雪球。

孟陽氣結：「妳就是一個小人！我師弟輸給妳也不可恥！」

「謝謝誇獎。小人總比偽君子強。」

孟陽再次氣結。他曉得自己說不過秋玨，刺了半晌沒刺到，卻也有些累了。他握著劍，在原地喘著粗氣，看著秋玨的眼神像是要將她生吞活剝一般。

「你還繼續嗎？不繼續我就回去了。」秋玨覺得有些無趣，踢了踢腳下的雪，扭頭就要離開。

「聽說妳是裴清仙尊的女兒。」孟陽的呼吸逐漸平穩，眸底的怒氣也開始散去。他看著秋玨，神色不明。

秋玨瞇了瞇眼，「這件事所有人都知道。」雖然她很不想承認。

孟陽忽地冷笑一聲，「那就不奇怪了……」

秋玨皺眉，沒有開口。

「想想妳爹的德行，就不奇怪現在的妳了。」

秋玨眸光一凜，「你什麼意思？」

「呵，我什麼意思？」孟陽上前幾步，一字一頓問道：「妳還不知道裴清仙尊的所作所為嗎？」

孟陽彎腰，雙眸直勾勾的與她對視著，他的瞳孔中倒映著秋玨面無表情的小臉。

「妳說我們是偽君子，可妳的父親才是真正的偽君子。」

「妳沒聽過嗎？裴清仙尊……曾經親手殺死了自己的未婚妻子。」

「聽說他們相戀多年，而裴清仙尊為了仙途，不惜手刃她。」

「如今妳這般冷血無情、卑鄙無恥，倒是有他的作風。」

孟陽的話如同刀刃一般，一刀一刀的刺在了秋玨心上，她緊咬下唇，面色冷若冰霜。

「住口。」秋玨臉色蒼白，聲線有些顫抖。

孟陽扣住她的肩膀，繼續說：「我只是告訴妳裴清仙尊的人品罷了，妳以為他現在的位置是怎樣換來的？是用他愛人的命換來的！」

「什麼六界最強，舉世無雙，那就是放屁！」

「我讓你住口……」秋玨攥緊了拳頭，淚水模糊了她的雙眼，視線中孟陽的臉有些看不真切。

「為什麼住口？妳和裴清仙尊是一樣的人——」

他接下來的話戛然而止。

孟陽嘴巴微微張大，鼓眼努睛，瞳孔中滿是驚愕和恐懼。

「妳……」

孟陽一開口，一口血就從喉間湧了出來。他低頭，只望見一隻雪白的小手，那隻手握著匕首，直直刺入他的心臟位置。

「咳——！」

第三章

孟陽痛苦的喘息著，神色間皆是不可置信。

秋玨眼睛眨也不眨的將匕首拔了出來，瞬間帶出一股鮮血。

「妳……妳敢……」

這把匕首名為神諭刃，可斬殺各路魔獸，她這一刃直刺入他的死穴，就算閻王來了，也無力回天。

孟陽捂著傷口，後退幾步跌倒在地上。他的身體抽搐幾下，半晌沒了動靜。

就在此時，耳邊傳來一陣小小的驚呼。

秋玨順著聲影看了過去，那是崑崙虛的一個小弟子，此時看著秋玨的眼神滿是驚恐。小弟子臉色蒼白，嘴脣顫抖，他小心的吞嚥一口唾沫，拔腿就跑。

秋玨瞬移到小弟子面前，擋住了他的去路。

「你要去哪裡？」秋玨問道，聲線令人徹骨生寒。

目視全程的小弟子早已反應不能，他雙腿打著顫，半晌說不出一句話。

秋玨顫了顫雙眸，舉起手上的神諭刃。

小弟子尖叫一聲，撲通一下跌倒在地，他抱著頭，已不敢再看秋玨。

就在此時，耳邊傳來一陣響動。

一道咒法直攻向秋玨的肩膀，秋玨手一鬆，匕首墜落到了地上。肩膀火辣辣的疼，秋玨朝咒法來源處看去，登時僵住。

裴清靜立在雪地中，他的身後是灰白的天和蜿蜒不斷的山脈。他看著她，那眼神令秋玨陸生寒氣。

那是厭惡，或是失望？

第四章 這點是女魔尊的本性

秋玨捂著肩膀，呆呆站在原地沒有出聲。

小弟子見救兵來了，手忙腳亂的從地上爬起來，跑到了師兄弟身旁。

一個弟子走向孟陽身邊，蹲下身子在他鼻尖探了探，抬頭看了秋玨一眼，再朝眾人搖搖頭，遺憾的說：「沒氣了。」

所有人的視線都落在了秋玨身上。

被眾人注視的秋玨低著頭，一言不發。

玄空尊者眸色冷淡。如今，昔日愛徒變成了一具屍體，他怎能不氣惱、不悲痛！

「裴清仙尊，我希望你給我一個交代。」

「一命抵一命！」孟陽的一名師兄赤紅著眼，拔劍指向秋玨，「沒想到她小小年紀如此歹毒，她先害了淳遠，如今又害了孟陽師弟的性命！」

裴清一步一步向她走來，腳踩在雪地上發出咯吱咯吱的聲響。

秋玨顫了顫睫毛，不敢動。

裴清高大的身影將她籠罩其中。忽地，裴清的大手撫上了她的頭頂，動作一如既往的輕柔。他問：「萌萌，怎麼回事？」

怎麼回事？秋玨抬頭看著裴清，此時她雙眸通紅，下唇已被她咬出了血跡。

「裴清仙尊……」

「我在聽她說話。」裴清聲線淺淡，不怒自威。

他望向秋玨，又問了一遍：「萌萌，怎麼回事？」

秋玨抽了抽鼻子，一把揮開了裴清的手，她深吸一口氣，眸光坦坦蕩蕩的說：「看他不順眼，就殺了。」

秋玨聲線稚嫩，語調就像是在說中午吃什麼一樣，自然無比。

「萌萌……」

「他活膩了，想找死，我只是成全他罷了。」

此話一出，一片譁然。

他們顯然想不到，一個幾歲的小姑娘，會在痛下殺手後冷靜自若的說出這番話。

玄空尊者攔下想要衝上前的弟子，自己上前幾步道：「裴清仙尊，你要問的也問完了，現在能否將她交給我處理？」

「玄空尊者想要如何處理？」

「看在裴清仙尊的分上，我自然不會傷她性命，但是……我徒兒的仇還是要報的。」

玄空尊者的意思很明顯，可以留秋玨一命，但皮肉之苦是少不了的。

「裴萌，我最後問妳一遍，妳是故意為之，還是無心之意？」

「故意為之。」

裴清閉了閉眼，長嘆一口氣：「好。」

「各位，小女之所以這般，是我管教無方。我會給各位一個交代……」

裴清的手緩緩移到她頭頂。

「萌萌，妳為何……」

那一瞬，秋玨覺得自己全身的骨頭都裂開了。

──疼！

疼痛如螞蟻般緩緩吞噬她的骨骼乃至血脈，秋玨牙關緊咬，血液自七竅溢流而出。

隨後，秋玨倒在地上，手指嵌入掌心，可她毫無知覺。

──裴清……裴清……

秋玨空洞的眼眸直勾勾的看著他。

他站在她面前，可秋玨覺得……裴清驟然遙遠起來。

「我不愛妳了……靈秋，我不再愛妳了。」

──裴清……

秋玨緊咬牙關，她咳出一口血水，身下的積雪鑽進她的皮膚，冷。

「我毀掉了她的靈根，從此以後……她不會再危害他人。玄空尊者，對於這個處置，您還滿意嗎？」

裴清寵愛秋玨，所有人都看在眼裡，可今天他竟然做到了這個分上。

所有人都愣愣的看著倒在地上不知死活的秋玨，半晌一句話也說不出來。對於修仙人來說，靈根就是他們的命，如今靈根毀了，那和行屍走肉沒什麼區別。

玄空尊者攥了攥拳頭，又鬆開。

「長明，把你們師弟的屍體帶回去。」

「師父……」

「別說話，帶回去。」

「崑崙老祖，今天……」

「罷了。」崑崙老祖揮了揮手，他看向裴清，幽幽的嘆了一口氣，「今天到此為止吧，裴清……」

「我會處理。」裴清上前，將秋玨輕輕抱了起來，「……我會處理。」

崑崙老祖閉了閉眼，最終什麼都沒說。

※⊙※⊙※⊙※

秋玨始終記得自己被裴清殺死的那天。

那日是浮玉山最冷的一日，雪虐風饕，千里冰封，暖陽無法穿透厚厚的雲層，整個浮玉山被籠罩在陰鬱之中。裴清手握長劍，刺入了她的胸膛之中。

死後的秋玨跳入了輪迴鏡，她執念太深，恨也太深，前塵往事皆忘，可唯獨記得裴清，唯獨記得裴清那一劍。

上一世的秋玨不管何時都伴隨在裴清身側，她不在意他的榆木腦袋，不在意他整天冷著一張臉，她喜歡他，不管天涯海角，她都想和裴清一起去。

然而，他給她的，是死亡，是無望，是沒有未來的結局。

走過通魔路，再無往生途。

那條路充滿孤寂和魑魅魍魎，她踏著細微的螢火，伴著幽深的黑暗，走上再也不能回頭的路途。

秋玨恨裴清，他若成仙，她便修魔；他若是善，她便從惡。

秋玨原以為她對裴清的感情只剩下恨了，原以為一顆心早就死了。可是昨天他的舉動，又殺了她第二次，傷了她第二次。

心痛如絞，不能自已……

睡夢中的秋玨緊緊扯著胸前的衣襟，夢中的畫面始終停留在那日的大雪紛飛，停留在裴清那冷如冰霜的目光。

「我不愛妳了。」

「下輩子，別再遇見我。」

「再見，靈秋。」

「……」

「大師兄，小師妹是不是很難過？」子玥趴在秋玨床邊，他胖乎乎的小手輕輕擦拭著秋玨不斷留下來的淚水。子玥看她難受，自己也不好過。

子霽嘆了口氣，說：「應該吧。」

「那師妹……會不會醒不過來啊？」子玥紅著眼眶，淚眼矇矓的看向子霽。

子霽沒說話，大手輕輕的摸了摸他的小臉蛋。

「醒了嗎？」

CHAPTER

第四章

裴清推門而入，踱步走來。子玥趕緊乖乖站好，低著頭不敢看裴清。

「還沒有。」

「嗯。」裴清應了一聲，垂眸看向秋玨。

子玥小心的瞥了裴清一眼，最後一挺胸膛大著膽子瞪視著裴清，「師尊，我討厭您！」

「子玥，閉嘴！」子霽趕忙捂住子玥的嘴，免得他說些胡話來。

裴清不惱，語氣依舊淺淡，「為何討厭為師？」

「您不配當我們的師父！」

子玥掙脫開子霽的手，他癟著小嘴，豆大的眼淚從眼眶裡滾落而出，「您……您這樣對小師妹，您不配做師父！」

「我怎樣對你小師妹了？」面對著子玥的質問，裴清面色依然淡定。

「您斷了師妹的靈根，以後她再也不能和我們一起修煉了。」子玥越說越難過，越想越難過，他抽抽噎噎的哭著，淚水沾滿了一張小臉。

一旁的子霽趕忙將子玥抱起來，輕輕拍打著子玥的後背哄著。

子玥窩在大師兄的肩窩裡，不斷低低啜泣著。

昏睡中的秋玨已恢復了些許意識，她動了動手指頭，疼，頭也疼，哪裡都疼。

——裴清……

秋玨費力的睜開眼皮，半夢半醒間，看到了裴清的臉。

秋玨心口瞬間絞痛起來，她那雙大眼睛直勾勾的望著裴清，半晌沒有言語。

「醒了？」

秋玨抿了抿乾澀的脣，沒有回答。

「還難受嗎？」

「你怎麼不殺了我……」秋玨說，聲音沙啞得像不是自己的一樣。

「恨我？」

裴清坐在她床邊，將食指輕輕對上了她的印堂，淺淺的白光自他指尖輕輕閃爍。秋玨只感覺一股熱氣蔓延全身，遊走經絡命脈，舒適無比，緊接著那股熱流緩緩沉入丹田。

裴清收回手，此時秋玨身上所有的痛楚和疲憊都消散不見了。

「試著運氣。」

——靈根都沒了，還運個什麼勁……

雖說如此，可秋玨還是試著運氣。當下，她驚愕的瞪大了眼睛。

靈根沒斷！

甚至修為大漲！

「要是小師妹真的斷了靈根，怎麼能活到現在？」子霽這話也不知是說給子玥聽，還是說給秋玨聽。

六歲的小孩兒脆弱無比，靈根就是她的魂魄，靈根一斷，魂魄便無棲息之地，那她只有一個結局，就是死。

「師妹，師父為了妳，可真是和天玄門結怨了。」

秋玨驚愕，吶吶道：「怎麼回事？」

裴清淡淡說：「我設了迷天陣。」

迷天陣乃是高級陣法，入了此陣，便會無條件信服陣主人的所有話，遵守陣主人的所有旨意；有的上仙道行頗高，使用此陣時，陣中的人根本不知道已經中了陣法。裴清就是那種人，他說斷了秋玨的靈根，那麼他們就相信裴清斷了她的靈根。

這等陣法可以神不知鬼不覺的瞞過低等修士，卻騙不過上仙的眼睛，為了力求真實，於是裴清讓秋玨受了點皮肉之苦。

「沒……沒人看出來？」

「有。」裴清說：「崑崙老祖就看出來了。等玄空尊者回去，也會發現。」

不過那會兒為時已晚，他們總不能殺到浮玉宮要人。

崑崙老祖對於裴清是無奈的，以當時那種局面，他也不能直接點破，只能任由裴清瞞天過海。

「子霽，你先帶著子玥出去吧。」

「是。」子霽看了秋玨一眼，抱著呆愣的子玥離開。

「大師兄，師妹……沒事吧？」出了門，子玥後知後覺的反應過來，問他。

「她沒事，不過我們有事了。」子霽摸了摸子玥的頭。

「此話怎講？」

子霽笑了笑，沒有回答。

子玥咬著手指頭，神色間滿是糾結，「……我剛才對師尊說了那麼過分的話，師尊會不會生氣？」

「不會。」

子玥皺著眉，奶聲奶氣問：「可是我想不通……既然師尊都用了迷天陣，何必還要傷害小師妹……」

子霽笑了笑，「陣法終究是陣法，人們更相信親眼所見的東西。要是師尊不真的出手，眾目睽睽之下，師妹怎麼逃得了？」

年幼的子玥不懂其中道理，望著子霽的眼神滿是茫然。

子霽摸了摸子玥柔軟的髮絲，說出口的聲音更顯無奈：「子玥，那可是群仙宴，不少神仙都盯著呢……」

這會兒玄空尊者可能已經知道事情結果了，不過兩日，他便會帶著弟子來要人；若是裴清不給，玄空尊者可能會慫恿其他上仙前來生事。

高處不勝寒。

凡間人類追求錢與權力，神仙又何嘗不是？人類起碼還有七情六慾，可成了仙，留下的只有綿長的生命和不斷消失的情感。

屋內的秋玨雙手環膝窩在床邊的角落裡，她低頭盯著自己的腳丫子，半天都不看裴清一眼。裴清小心的碰了碰她的手指頭，秋玨往回一縮，頭埋得更深。

裴清權當她在生氣，可他自己也無奈，沒有什麼比親手傷害自己孩子更痛苦的事了。他說：「當時各路上仙都在，我身為仙界之首，萬不能徇私舞弊。如果玄空尊者想將妳帶回去交由他處置，我也只能點頭；如果我不出手，萌萌……我就失去妳了。」

若她只是傷了對方，裴清還能想出開解的理由。可千不該萬不該的是，秋玨殺了他。裴清位於高處，不管他做什麼說什麼，都有人看著。

「萌萌，我不想再失去任何一個人了。」裴清聲音嘶啞。透過眼前的秋玨，他好像看到了靈秋。

秋玨心中一動，喉嚨發緊道：「我殺人了。」

「我知道。」

「裴清……」秋玨紅著眼眶看著他，「你……你讓我走吧。我生性如此，今天殺了第一個，明天就會殺第二個，後天會殺第三個。你能護我一次，你護不了我第二次。」

她不想留在裴清身邊了，她怕待的時間長了，自己內心最後的那點堅持也都消散不見。秋玨深知自己不是什麼好人，她看不慣修仙人的品性，就算當時孟陽不刺激她，她也會忍不住傷害另外一個孟陽。

「妳不是。」

秋玨一愣，淚眼婆娑的看向他。

裴清輕輕的拉了拉她的手指，語調淺淡卻也堅定固執道：「妳不是那樣的人，也變不成那樣的人。」

秋玨抽了抽鼻子，眼淚奪眶而出，她低低嗚咽著，模樣可憐而又委屈。

裴清能這般對待一個相處沒多久的裴萌，為什麼就不能……為什麼就不能這樣對待那個與他從小一起長大、與他並肩而行的靈秋！哪怕將此刻的溫柔施捨給靈秋一點，一點點，她也不會恨他恨得肝腸寸斷，心神俱毀。

裴清看著她哭，半晌，上前輕輕將秋玨護在了懷裡。

她的眼淚和鼻涕混合，全部擦在了裴清身上。

「他說……」秋玨扯緊裴清的衣服，「他說你卑鄙無恥，冷血無情。還說你……還說你為了仙途手刃了自己的未婚妻子。」

「你是嗎？」

秋玨在等裴清的回答，靈秋也在等裴清的回答。

她想聽到另一個結局，可是又害怕知道後，會更難過。

「萌萌……」裴清只說了清淺的一句話，「長大後，不要變成我這樣的人。」

「師尊！」

就在此時，子旻推門衝了進來。他微喘著氣，半晌平定下心情，道：「玄空尊者帶著天玄門百名弟子……闖入正殿！」

裴清瞇了瞇眼。他早知道對方會來，可沒想到會這麼早來。

變回去的方法總會找到，可殺死裴老賊的機會卻只有一次。

CHAPTER

第四章

深仇大恨，她不會說忘就忘。

秋玨坐在床上想了很久，現在裴清是對她好，可他好的對象是裴萌，一旦他知道她是秋玨，那麼裴清一定不會放過她！

先下手為強，後下手遭殃——秋玨深知這個道理。

此時所有弟子都去正殿門了，秋玨小心翼翼的從床上爬了下來，她打開收納戒指，將放在裡面許久的折仙草取了出來。

即使沒有雨露與日光，折仙草依舊盛開的豔麗。

秋玨咬了咬下唇，她撕下一片花葉，放在了桌上的茶壺中。一入水，折仙草立刻與之融為一體。秋玨不由得吞嚥一口唾沫，小心的將茶壺晃了晃，隨後乖乖的躺回床上。

此時的浮玉宮正殿前，天玄山弟子正與浮玉宮弟子對峙著，子霽站在前方，一身的清風淡雅。

玄空尊者被氣勢洶洶的弟子們圍在中間，他臉色平靜，雙眸卻蘊著驚風駭浪。

子霽環視一圈，有些頭疼，看樣子這次……玄空尊者是不會就此甘休了。

子霽平定下心神，上前幾步說：「尊者帶著這麼多人闖入我浮玉宮，可是有何要事？」

玄空尊者哼了聲：「裴清呢？老夫不想和你這個毛頭小子說話。」

這都直呼其名了。

子霽抿脣，剛要開口，就聽身後傳來一陣唏噓聲。

「師尊！」

「師尊來了！」

裴清穿過眾人，神色平靜道：「玄空尊者，好久不見。」

玄空尊者冷哼一聲，道：「裴清，老夫來這裡可不是和你噓寒問暖的！我問你，你那個好女兒呢？」

裴清臉色不變道：「尊者若有事，直接找我便好。」

玄空尊者看著裴清如此淡定，有些怒了，「裴清！你為何要使詭計欺瞞我天玄山？你是何居心？」

裴清不語。

玄空尊者更是憤怒道：「我的愛徒與你的女兒無冤無仇，你的孩子卻傷及我徒弟性命，一命抵一命，裴清，如果你不交出裴萌，那麼這筆帳就算在你身上！」

「玄空尊者想怎麼算？」裴清聲線淺淡而又平靜，他靜立在人群中，宛如霽月。

裴清這樣說，意思是願為秋玨承擔所有責任。

正殿門前，兩邊人馬僵持不下。

「裴清仙尊，是真的不願意交出裴萌了？」

「孩子犯錯，做父親的自是會替她擔著。裴萌是殺了孟陽，可玄空尊者是否也要反思一下，孟陽做了什麼，才會讓裴萌出手。」

此話一出，玄空尊者和一眾弟子的臉立刻變了。

「你的意思是……我的愛徒死了，還要怨我愛徒惹是生非？」

裴清輕笑一聲：「這是玄空尊者說的，我可沒有說過。」

「裴清！你是想藉著自己的身分包庇她嗎？看樣子你是真的不在乎你的身分地位了。」

「我也沒有這樣說過。」

玄空尊者一時氣結，他深吸一口氣平復下心情，緩緩說：「事已至此，我只想你給我和眾弟子一個交代。孟陽已死，我若不讓他在九泉之下安心，我還怎麼做天玄山的掌門，怎麼做這些弟子的師父？」

「事已至此，我也希望給大家一個交代。還是那句話，萌萌年幼，性子雖然衝動，可是她品性善良，絕對不會無緣無故傷害他人。既然玄空尊者口口聲聲讓我給天玄門一個交代，那麼——」裴清眸光微凜，「玄空尊者是不是也要給我一個交代？」

「早就聽聞天玄門弟子作風不端，為所欲為。當時事發，在場的只有孟陽與裴萌，你我二人都沒看清事情經過，只知道裴萌殺了孟陽。但如果……是孟陽先出手，而我萌萌只是自我保護呢？如果是這樣，這又怎麼說？」

「玄空尊者不查清起因經過，卻帶著一眾弟子來我這裡討人，我不得不懷疑玄空尊者的用心了。」

裴清目光如炬，咄咄逼人，他語調淺淡，卻將所有矛頭都對準了玄空尊者，對準了天玄門一千弟子。

玄空尊者早知道裴清會不認帳，卻哪想到他真的會不顧及自己身分地位，顛倒黑白！

玄空尊者氣極，他雙拳緊握，聲音中滿是壓抑的怒氣：「裘清，你身為浮玉仙尊，卻是非不分，滿口胡言！今日我既然來了，就不會輕易回去，如若你不給我一個交代，那麼……就別怪我天玄門不客氣了！」

裘清的淡漠和憤怒的玄空尊者形成兩個極端，他淡淡道：「對於尊者愛徒的逝世，我也表示惋惜。不過就事論事，人是我萌萌殺的，但是在原因未查清之前，恕我不能給你想要的交代了。」

「當時那麼多人看著，你的女兒自己都承認她無故傷人，你還想抵賴？！」

裘清接話：「那我說，是我殺了孟陽，你也信嗎？」

玄空尊者呼吸一窒，半晌無言。

裘清收回了眸光，聲音略顯嘲諷道：「玄空尊者活了這麼久，竟然還相信一個孩子的一面之詞。」

玄空尊者氣得渾身哆嗦，他直勾勾看著裘清。那目光宛如財狼，似是要將眼前的裘清大卸八塊。

「既然……」

玄空尊者話未說完，身旁的大弟子長一舉劍就向裘清衝去。玄空尊者不由得愣怔，一時之間忘了開口阻攔。

一旁的子霽見此，利劍出鞘，便要上前攔截。可就在這時，裘清卻擋在了子霽面前，只聽噗嗤一聲，長一的虹光劍沒入裘清的胸膛。

在場所有人不禁倒吸一口涼氣，他們眼神間寫滿了不可置信，就連中傷裴清的長一都忘了反應。

鮮血在裴清的胸前漸漸暈染成一朵血紅色的花。

長一將劍拔了出來，他後退幾步，劍刃帶血，臉色蒼白。

他傷了浮玉仙尊……他竟然刺傷了浮玉仙尊……完蛋了……全完了！

因為驚懼，長一幾乎站不穩。後方的玄空尊者臉色刷白，他大步上前，一把將長一扯了回去，抬手甩起一個耳光。

「混帳東西！誰讓你出手的！」

這下子，就算他們有理，也變成沒理了。

裴清臉色略顯蒼白，可脣邊卻含了一抹笑，他聲音柔和舒朗：「玄空尊者，何必發那麼大的火氣……」

玄空尊者眉心一跳，半晌沒說話。

裴清又說：「看樣子那個傳言是真的了……」裴清笑了笑，「天玄弟子，為人衝動，不顧後果。」

長一握著劍的手一抖，他看向裴清，雙眸空洞。

「玄空尊者放心，我裴清不是什麼大度之人，但也不是斤斤計較的小人。雖然玄空尊者的弟子莽撞，傷了我，可我不會和他計較的，只希望玄空尊者好好管教管教，免得日後釀成大禍。」

他墨色的雙眸如古井幽潭，平靜無波，「玄空尊者先請回吧，等你找到裴萌為何傷人的理由，再來找我也不遲，我隨時恭候。但我現在身體不適，恕我不能再陪各位。」

玄空尊者看了看他胸前那個還在冒血的血窟窿，只能不甘的拂袖而去。

「師……師父？」

玄空尊者狠狠的瞪了長一一眼，對眾弟子說道：「都回吧。」

一回到天玄門，玄空尊者忍無可忍的將長一踹倒在地，他指著長一破口大罵：「愚蠢的東西！當時誰讓你出手的！」

長一縮了縮脖子，囁嚅道：「徒兒……徒兒氣不過，當時也不知怎的，等回神……回神就衝了上去……」

「你難道就看不出裴清是故意激怒我們的嗎！」玄空尊者罵道，「你也不想想，裴清身為浮玉掌門，怎麼會躲不過你那一劍？他是故意讓你刺中的！」

長一顫著嘴唇，看著玄空尊者的眼神略顯茫然。

這大弟子什麼都好，就是長了一個榆木腦袋。

「他讓我們拿證據，我們要去哪裡找證據？現在倒好，沒給你師弟出氣不說，還落了口舌。你這一出手，趕明兒其他人都知道我們天玄門去浮玉宮惹是生非，中傷裴清。」

而裴清呢？

眾人會說他大度，不與小輩計較。

第四章

玄空尊者越想越來氣，他揉了揉太陽穴，衝長一揮了揮手，「行了，你先退下吧。」
「師父……」
「退下！」
長一抿了抿脣，不敢多言。

※⊙※⊙※⊙※

浮玉宮——
裴清在子霽的攙扶下進了蒼梧殿。剛進殿門，裴清便退了出去。
「師尊？」
裴清的氣息有些飄浮，他閉了閉眼，問道：「萌萌還睡著？」
「子旻說還睡著。」
裴清眸光微沉，「罷了，先去你那裡吧。」
「哎？」
裴清看了看還在流血的傷口，說：「免得萌萌看見我這樣……會害怕。」
子霽半晌沒有開口，只是扶著裴清離開蒼梧殿。
可他們剛轉身，就聽後面傳來一道軟軟的、綿綿的聲音：「裴清，你怎麼了？」
裴清身子一僵，眉頭微微蹙起。

子霽看他一眼，扭頭看向了秋玨，說：「師尊受傷了。」

秋玨腳步一頓，小臉上寫滿了詫異和不可置信。

子霽又說：「天玄門帶人來搗亂，還好他們走了。」

秋玨眨了眨眼，聲音有些乾澀：「那……那裴清？」

「我沒事。」裴清嘆了一口氣，「小傷罷了，趕明兒就好了。萌萌怎麼不躺著了？」

秋玨沒說話，只是將眼睛放在了他的前胸上。他胸前那一大片紅色與他一身白衣形成鮮明的對比，裴清臉色蒼白，笑得清淺，似是不覺痛楚。

秋玨喉間乾澀，心臟像是被一雙手抓住一樣，有些疼。

將裴清扶坐到床上，秋玨小心的扯了扯子霽的衣袖，問：「裴清是怎麼受傷的？」

子霽一笑，寬厚的大手安撫性的摸摸她的小腦袋，「無妨，不過是師尊使的苦肉計。」

「苦肉計？」

「嗯。」子霽點頭，「若不這樣，那群人怎麼會輕易離去？師尊雖然受了點傷，可也不怕他們糾纏了。」

也就是說，這是裴清為了逼退那些人而故意使出的伎倆，倒是像他的作風。

「那……」秋玨咬了咬下唇，「那群人說什麼了？」

子霽看出了她眸光中閃爍的忐忑，他眸光柔和，語氣清淺，彎腰與秋玨平視著，「妳不用多想，總之事情解決了，也不會有人找萌萌麻煩。」

就算子霽不說，秋玨也能猜到那群人說了什麼、做了什麼。

CHAPTER

第四章

她踱步走向床前，裴清眼瞼低垂，臉色略顯蒼白。

秋玨抿了抿脣，上前幾步，問道：「你怎麼不把我交出去？我之前說得很清楚了，不管你對我再好，我都——」

「那是妳的事。」裴清打斷秋玨的話，他睜開雙眸，漆黑的瞳孔中是一片堅定，「我對妳好就可以了。妳如果真的不想待在我身邊……」他語氣微頓，片刻又說：「我會將妳送回到秋玨身邊，也就是妳的母親身邊。」

——送回去？

秋玨攥緊拳頭，心中莫名的湧出失落感。

「願意嗎？」

秋玨輕輕搖了搖頭。

「那白麟那裡？」

這回秋玨很乾脆的搖頭。

裴清微微一笑，「若是這樣，就不必多說了。」

「你的傷口要緊嗎？」

「不要緊。萌萌是在關心我嗎？」

秋玨氣悶：「我才沒有關心你。」她巴不得裴老賊快點去死呢！

裴清再次閉眸，沒有說話。

「師尊，喝點水吧。萌萌也喝點，妳嘴巴都乾裂了。」

此時子霽端著兩杯水上前，秋玨看了裴清一眼，接過了水杯。

裴清沒有動。看著那張面無表情、無喜無悲的臉，秋玨莫名心煩氣躁，她將茶杯的水一飲而盡，喝完了，豪邁的用袖口抹了抹嘴巴。

這茶的味道有些不錯，早知道就不把折仙草放在茶水裡了，浪費。

——折仙草……

——茶水……

「！」秋玨猛然意識到事情不對，她一臉驚恐的仰頭看向子霽，哆嗦著聲音問：「這、這個……茶水是哪來的？」

子霽愣了片刻，笑了，「當然是從茶壺倒來的啊，不然能從哪裡來的？」

秋玨打了一個驚嗝，整個人都不好了，她踉踉蹌蹌的跑到外面的桌前，著急忙慌打開茶壺的蓋子，果不其然，裡面少了些許茶水。

她剛才……剛才喝了折仙草的水，還喝了一杯。

這叫什麼？

這叫自作孽不可活嗎？！

秋玨剛準備催吐，就覺得全身冷了起來，那種寒冷直逼五臟六腑，她冷得直打哆嗦，櫻粉色的雙脣很快布了一層冰霜。

眼前的景象開始變得模糊，秋玨眨了眨眼，她往前邁了一小步，可剛踏出去，身體便像沒有支撐般，倒在了地上。

CHAPTER

第四章

寒冷消退，秋玨又開始覺得熱，如同胸口藏了一團岩漿，灼得她全身發疼。

子霽已經注意到了秋玨的情況，他趕忙上前，將秋玨小心翼翼的扶了起來。

「小……小師妹，妳怎麼了？」

秋玨張了張嘴，一口黑紅色的血從喉間湧了出來。

子霽大驚，再摸她皮膚，時冷時熱，很是不正常。

「萌萌怎麼了？」裴清強撐著身子站了起來，再看到倒在子霽懷裡、已了無生氣的秋玨時，他驟然有些眩暈。

裴清低頭，輕輕咳嗽出聲。

「師……師尊？」

「我無事。」裴清微微擺了擺手，「將她放在床上。」

子霽抿了抿脣，抱起秋玨放在了一旁的床榻上。

此時，秋玨的理智已經開始消失，目光也有些渙散，身上像是有無數的螞蟻在啃噬著她一般，又疼又癢。她咬緊下脣，想試著運氣，奈何六歲女童的身體薄弱，根本使不出一丁點的力氣。

秋玨費力的喘息著，因為難過，不斷有淚水從她眸中滑落。

「小師妹這是怎麼了？」

裴清沒有說話，她這般模樣顯然是中毒。

「去請醫司宗的來。」

「是。」

子霽走後，裴清封了秋玨身上的穴脈，免得毒氣四散到全身。

「裴清……」

秋玨嘴裡呢喃著他的名字，裴清想努力聽清，可只聽到幾個含糊的詞。

秋玨覺得自己快不行了，她的眼前開始浮現前生過往的畫面……而那每一幕的畫卷中，都有裴清，笑著的裴清、冷著臉的裴清、輕輕擁抱著她的裴清。

輪迴後的秋玨忘記了大部分的事，就連她與裴清如何相遇都忘記了，記憶中那些美好的畫面如沙子般開始消散，留下的……只有她生命停止前的最後一天，最後一刻。

「裴清，你要帶我去哪裡？」

靈秋被他牽著，半晌，她感覺他掌心冰涼，指尖顫抖。

靈秋輕輕勾了勾他的手指，「裴清？」

那日有些冷，大雪覆蓋了整個浮玉，靈秋披著紅豔的毛絨披肩，雪白的領子襯著她五官明麗。

「靈秋……」

裴清轉身，他垂眸看她，那清冷的視線驟然讓她一抖。

靈秋不由得後退幾步，「……裴清。」

「妳天性向惡，無法成仙。若執意留在浮玉，早晚害人害己。」

靈秋一臉茫然，「你……你在說什麼啊？」

「靈秋，妳是殺星轉世，若不除妳……若不除妳……」

他嘴唇蠕動，半晌沒說出一句完整的話來。

靈秋呼吸凌亂，她上前想要拉住裴清的胳膊，卻被裴清閃開。

靈秋手上握了個空，她呆呆的看著自己素白如雪的手。她有些慌亂，舌頭像是打結般，每個音都在顫抖。

「裴清，我們……我們一起長大，你知道……你知道我不會傷害別人的。你不要相信師尊的話，我不是什麼殺星，我不會害人……你別……」

「噗嗤——」

聲音戛然而止。

靈秋眸光閃爍，臉上寫滿了不可置信。她詫異的看著眼前的裴清，他手上那把伏神劍直穿過她的胸口。

「裴清……」靈秋低頭，胸前那利刃的冷光和她溢流出來的豔紅顏色形成鮮明的對比。她一眨眼，眼淚便掉了出來，「……為什麼？」

他的眼神比冰雪冷，直讓靈秋寒徹心扉。

「命該如此。」裴清垂眸，一把將劍抽了出來。

靈秋後退幾步，倒在地上。在意識模糊間，她聽到了崑崙老祖和浮玉掌門的聲音。

「裴清，你為何……」崑崙老祖的聲音帶著驚愕。

「罷了。」浮玉掌門上前幾步道：「裴清，成仙者當應拋去七情六慾，若想成為一界之首，更應做事果斷，拋去情愛。你做的很好……」

上空猛然布了一層陰霾，靈秋捂著傷口倒在雪地上，她看著裴清，半晌笑了。

「裴清，我信你。」

「不管你說什麼……我都信你。」

裴清上前幾步，將伏神劍扔到了她身邊，他緩緩蹲下身子，聲音暗啞：「靈秋，我不愛妳了，不再愛妳了，等妳入了輪迴鏡，前塵往事皆忘，下輩子……別再遇上我了。」

說罷，他站了起來。

靈秋伸手拉住裴清的衣袍，可他走得乾脆，只留給靈秋一個蒼白若雪的背影。

靈秋的手無力的搭在地上，生命的跡象開始流失，漫天大雪覆上了她的髮，覆上了她帶淚的眸。

「靈秋，妳別怕……我救妳，我來救妳了。」

黑暗中，有人叫著她。斷斷續續，喑啞無力。

「靈秋……妳不要死，我用命來救妳，妳等我一會兒，就一會兒……」

「靈秋。」

少年背著她走過蒼梧殿，走過浮玉正殿，不知誰下了命令，無人敢攔。

「靈秋……我帶妳走，我會對妳好。我們不要回來了。」

傷痕累累的少年腳步踉蹌，待她呼吸停止，他忽地頓了腳步。

第四章

「靈秋，醒醒——」

「萌萌，醒醒。」

秋玨迷迷糊糊的睜開眼，腦海中的聲音與此時相合。

她只看到一道模糊的影子，那是裴清。

「仙尊，這孩子中的是折仙草之毒，折仙草毒性強烈，無藥可解。她現在又身子薄弱，怕是……」玄清上仙望著裴清的臉，不敢多做言語。

裴清沉眸，將手搭在了秋玨額頭上，「若是……若是將毒素逼到我身上呢？」

玄清上仙一愣，看著他的眼神滿是不可置信。

裴清又問了一遍：「如果，將毒素逼到我身上呢？」

玄清上仙嘴脣蠕動，道：「仙尊，還是不要冒險為好。」

「也就是可行。」

他執意，無人能干擾裴清的決定。

子霽後退幾步，算是放任裴清的所作所為。

玄清上仙嘆了一口氣，說道：「仙尊，此等行為可是會折損你的修為的。」

「修為重要，還是萌萌重要？」

當然是萌萌重要。

玄清上仙呼吸一窒。見此，他也不再阻攔了。

裴清小心的將秋玨扶坐起來，他盤腿坐在她身後，小心扯開秋玨的外衣，將手搭在了她後背上。

折仙草毒素蔓延迅速，凡人若是吃了，當場斃命。由於裴清先前封了她的經脈，所以毒素全部聚集在了丹田處，裴清運氣，將毒素漸漸引到自己身上。

秋玨皺著眉，豆大的汗水自額角滑落，她的臉頰不再白皙，泛著可怕的青紫色。

子霽有些揪心，光是看著，就能感同身受她的痛苦。

裴清本就受傷，此時還承受著源源不斷向他身體湧進的毒素。他的臉色逐漸蒼白，氣力也有些不穩。

片刻，秋玨的呼吸逐漸平穩，臉上的青紫色以肉眼可見的速度散去，子霽不由得上前幾步，擔憂的開口：「師尊……」

裴清定氣，收回手的瞬間就咳出一口黑血來。

子霽心一緊，急急喚出了聲：「師尊……」

「你們帶著萌萌出去，這些天就不要打擾我了。」裴清拭去嘴角的血跡，氣若游絲。

子霽喉間滾動，他不敢忤逆裴清的意思，只得輕輕點了點頭。

此時秋玨正倒在一邊，雙眸緊閉，不知是睡著了，還是暈過去。子霽小心的將秋玨抱了起來，轉身去了另外一個房間。

待人全部走後，裴清封鎖經絡，開始入定，往外逼毒。

第五章

這樣親親就變身

子霽一直守在秋玨身邊，快到傍晚時，秋玨悠悠轉醒。她揉了揉眼，一扭頭就對上了子霽的臉頰。

「醒了？」

「裴清呢？」秋玨的聲音雖然虛弱，可相比之前，有了些許生氣。

「妳那時危在旦夕，強行往外逼毒可能會損傷妳的性命，於是師尊將毒全部引到了自己身上。玄清上仙為妳配了些藥，我命人去熬了，妳喝完就歇著。」

秋玨呆呆點頭，重新躺了下去。她還以為自己死定了，結果……

秋玨閉上眼睛，猶記得昏睡中有人在喚她，可那個人的樣子卻怎麼都想不起來。嘆了口氣，她再次陷入昏睡。

子旻也來看了秋玨一眼，見她小臉蒼白，不由得心疼，退出房間憤憤說：「誰這麼大的膽子，竟然敢跑到別人家下毒！」

子霽笑了笑，「先前所有弟子都去了正殿，這蒼梧殿只留有萌萌一人。萌萌總不會下毒給自己喝，所以……」

子旻瞪大眼睛，懂了，「難不成是天玄門的？」

「想來是了。」

聽後，子旻更怒：「好啊！他們還真不把我們放在眼裡，害人都害到別人家裡了，以後千萬別讓我遇到他們派弟子獨自下山，不然我要他們好看！」

相比義憤填膺的子旻，子霽要淡定的多。他垂眸望著手上的茶壺，不禁陷入了沉思。

他沒告訴子旻的是，如果真的是天玄門的人下的毒，那為何不直接擄走萌萌？要繞這麼多圈子？或者……這毒其實是萌萌下的……

可是……一個小孩兒下毒給自己喝？於情於理也說不過去吧？

子霽有些頭疼，好在現在所有人都沒事，不然真的麻煩大了。

「師兄，我要下山幾天。」

「你要下山幹什麼？」

子旻嘿嘿一笑，說道：「我要去靈虛山，聽說那裡長了很多稀奇古怪的毒草和藤蔓，我要摘來丟到天玄門後院，誰讓他們這麼囂張！」一想天玄門被他嚇到的那個畫面，子旻不由得有些小得意。

子霽：「……」他只能替無辜躺槍的天玄門點根蠟。

※⊙※⊙※⊙※

三日後，裴清出關。他身體裡的毒素已全部逼了出去，雖然損失了幾年修為，但是這波不虧。出關後，裴清的第一件事就是找萌萌。等看到他家萌萌還好生生活蹦亂跳時，裴清鬆了一口氣。

浮玉山已快入秋，整個山脈的樹木已有了衰敗的跡象，往日那盛開旺盛的綠葉逐漸蜷縮，蛻去綠衣換上了金燦的秋香色。放眼望去，整個浮玉都籠罩了那層豔麗的顏色。

天色漸冷，種植在蒼梧殿外的火樹仍獨自盛開，秋玨正坐在樹下，仰頭看著火樹發呆。火樹開一千年，落一千年。按日子算算，也快到它凋落的時候了。

裴清悄悄站在她身後，自懷間掏出一塊肉乾遞了過去。

秋玨條件反射的吃到嘴裡，等咀嚼完，她才後知後覺反應過來。她轉頭看向裴清，短短幾日，裴清消瘦蒼白了不少，唯有一雙黑眸，熠熠生輝。

「你……好了？」

「嗯。」裴清淡淡應了一聲，剛應完，便咳嗽出聲。

秋玨不由得蹙眉，從地上站起拉住了他的手指。

「萌萌？」

「回去睡覺吧。」秋玨說。

「大白天的……」

「我想睡覺了。」

裴清沒說話，任由她拉著。

進了屋，秋玨動作俐落的脫去鞋子，上了床榻，她拍了拍身邊的位置。裴清笑笑，躺在了她身邊。

秋玨就坐在床上，靜靜地看著裴清，他長眸緊閉，皮膚蒼白到近乎透明，那張白粉色的脣抿成一條直線。相比以往，此時的裴清倒是少了些許清冷之氣。

秋玨看著看著，就不由得入了神。

前世相遇的情景已經忘記了，只記得她和他見面時說的第一句話。

「小哥哥，你真好看。我能和你生孩子嗎？」

再後來他們就一直在一起了。當然，以裴清的性子，他不會那麼容易順從她。秋玨記得當時她使了不少小手段，才讓他不情不願的將她留在自己身邊。

可唯一讓秋玨捶胸頓足、痛哭流涕的是，到死的那天她都沒能如願睡到裴清。想裴清這麼大年紀還是個老處男，真是白白浪費了他那張臉！

秋玨盤腿而坐，雙手托腮，現在她正思考著一個很嚴肅的問題：既然弄死裴清這麼不容易，那麼要不要換一個報復方式？比如和裴清在一起過上幾年，生幾個孩子了卻前生所願，接著再告訴裴清關於自己的身分……

可是好像……不太好實行。

況且她也……不是很樂意。

秋玨頭痛扶額。事已至此，她已經不想留在浮玉山了，當務之急應該是快點變回去，然後回到魔界，回去的辦法她都想好了。等變回去後，她要先前往後山，找到那隻蠢得要死的噬魂魔，到時候讓噬魂魔牽引自己離開浮玉山。

打定主意，秋玨深吸一口氣，嘟嘴向裴清親去。

就在要親上時，裴清刷的睜開了眼睛，與此同時，秋玨的嘴巴對了上去。

「啵——！」

一記響亮的打啵聲。秋玨瞪大眼睛，眸中倒映著裴清清俊的臉頰，她感受著自己身體裡的那股熱氣，覺得要完蛋了。

這次變回去的速度堪稱飛速，只是一眨眼的工夫她就從一隻小蘿莉變成了胸大膚白、貌美如花的魔界之主。

裴清眨了眨眼，覺得自己醒來的方式不對，若不然……萌萌怎麼會變大了？

他閉上眼睛。

一、二、三——睜！

仍然是……一張女人的臉頰。

估計自己是在做夢。裴清翻了個身子，緩緩合上了雙眸。

秋玨茫然的看著裴清，她伸手戳了戳他的後背，輕輕叫了他一聲：「裴清……」

聽不見——裴清緊閉雙眸，放空自己。

秋玨收回手，低頭看了看再次爆衫的自己，也不知道這一次要多久才能變回去。既然裴老賊這麼難接受，剛好給了她落跑的機會。

想著，秋玨準備翻過裴清離開。可就在此時，裴清的大手如烙鐵般緊緊扣住她的手腕，將秋玨重重拉了回去。他滾燙的手掌緊貼著秋玨腰際光滑的皮膚，一個翻身將秋玨壓在自己身下，單手將秋玨的手禁錮在上方，一雙黑眸恍若灼陽。

秋玨心中一驚，瞪著雙眸，滿是愕然：裴清他……要做什麼？

此時的裴清失了往日的淡然，他薄脣緊抿，神色間似是在醞著驚濤駭浪。

秋玨幾乎裸著身子，她與裴清之間只隔了一條薄薄的毯子，秋玨能感覺到裴清的體溫和壓在她身上那結實的軀體。

裴清的氣息近在咫尺，秋玨不由得吞嚥一口唾沫，心跳逐漸走向失控。

忽然，裴清的頭緩緩向她湊近，他黑色的髮絲垂落到秋玨白皙的鎖骨上，與她的膚色形成鮮明的對比。秋玨顫了顫睫毛，整個人都懵了。

「裴……裴老賊……」

秋玨的聲音像不是自己的一樣，喑啞、透著莫名的恐慌和不自然。

裴清沒說話，離她更近。

秋玨轉了轉眼珠，腦海中思緒亂飛，裴清平日裡雖然像是一根木頭，但是……但是好歹他也是個男人，別的不提，秋玨對自己的身材相貌還是很有自信的。她還記得自己的雕像在裴清的書房裡，這說明裴清肯定對她懷有非分之想、不軌之心！現在「雕像」變成了真人，保不准裴清對她起了色心……

雖然她和裴清有仇怨，但是……一碼歸一碼！

他們魔界有一條規矩，一男一女，只進入身體，不進入感情！

「來吧！」秋玨心一橫，衝裴清嘟起了紅唇。

裴清一愣，手漸漸下滑。

秋玨臉上一熱，嬌嗔道：「啊呀，我還以為我突然變成這樣，你會接受不了呢，沒想到你這麼猴急……」

裴清不語，將毯子往上拉了拉。

秋玨羞意更濃，「那個……一會兒溫柔點。」她表示自己準備好了。

裴清蹙眉，在秋玨期待萬分時，他拉著毯子罩在了她腦袋上。

一片黑暗中，秋玨有些懵：這和說好的不一樣啊！

隔著毯子，裴清用力的按著秋玨的腦袋。很快，秋玨感覺有些呼吸困難，眩暈中，她不由得開始掙扎。

一片黑暗裡，秋玨的手艱難的扣住了裴清的肩膀，她死死掐著他，手指幾乎嵌入到裴清肉裡。這傢伙……這傢伙果然要搞死她啊！她就說嘛，仇人在眼前，這麼可能不弄死她，還和她纏纏綿綿。自己果然想得太美太天真了。

「裴……」秋玨往下拉著毯子，「裴清，你幹嘛？！」

「啊？」

裴清抿脣，說：「萌萌呢？」

裴清用毯子將秋玨完完全全裹在了裡面，他呼吸凌亂，氣息不穩，又問了一遍：「我家萌萌呢？」

——這還是沒搞清楚情況啊……

「你……你先鬆開我。」

裴清猶豫片刻，將手鬆開。秋玨拉下毯子，她費力的喘息著。等差不多了，秋玨將視線放在了裴清身上。

斟酌半晌，在裴清期待的目光中，秋玨認真說道：「我就是萌萌。」

裴清蹙眉，又要上手。

秋玨見此往後一縮，眸光中滿是警惕道：「我告訴你！你別亂來啊！」

裴清沒有動，眼睛直勾勾的看著秋玨。

秋玨理了理凌亂的髮絲，衝裴清妖嬈一笑，「我就是萌萌，是不是很意外？」

裴清說：「變回去。」

秋玨愣了，「啊？」

他重複一遍：「變回去。」

秋玨：「……」

——去你的變回去！你的仇人近在眼前，這就是你和仇人說的話嗎？這就是你對仇人的態度嗎？！裴清，你身為仙尊的原則呢？！

裴清冷著臉威脅說：「變回去，不然我就不客氣了。」

秋玨這個暴脾氣，一聽這話就不爽了，她剛準備攻去，卻發現自己的法力還沒恢復。秋玨輕咳一聲，慫了，「你別急嘛，一會兒就變回去了。」

裴清眉頭蹙得更緊，「一會兒是多會兒？」

秋玨翻了個白眼，「我怎麼知道。」

「嗯？」裴清的語氣有些危險。

秋玨鼓了鼓腮幫，弱弱道：「我……我也不清楚。」

她現在這般樣子，倒是和六歲時候差不多。

裴清眉眼舒展，沒再逼問。不過……

女兒變大了女兒變大了女兒變大了女兒變大了！

裴清有些窒息，有些不能承受。

看到他這個模樣，秋玨有些無奈：有必要嗎？這麼難以接受？

秋玨往下拉了拉毯子，懶洋洋的靠在榻上，黑色的髮絲宛如河流般蜿蜒，她眉眼間自帶魅惑，一瞥一笑都帶有其他女子不能比擬的妖嬈。她玉白的腳趾輕輕勾了勾裴清的衣袍，聲音酥軟：「我說……我這樣，你就沒其他想法？」

裴清瞥她一眼，又很快斂起視線，「有。」

秋玨一喜，「真的？」

「嗯。」

「什麼想法？」

裴清一笑，輕聲說道：「不能把萌萌養成妳這樣。」

秋玨呼吸一窒，有些氣惱。她狠狠踹了他一腳，忍無可忍低吼道：「你還沒搞清楚啊？我就是萌萌！」

裴清語氣固執道：「她比妳可愛。」

「放屁！」秋玨唾罵一句，一個鯉魚打滾坐了起來，白皙的雙手捧起了裴清的臉頰，她與他直視著。

「你看清楚，我因為意外變小了，然後被你收養了。我就是萌萌，萌萌就是我。」

CHAPTER

第五章

她生得豔麗，不怒自威。裴清深邃的黑眸倒映著秋玨精緻的五官，半晌，他眨了眨眼，緩緩移開了視線，還微微嘆了一口氣。

此處無聲勝有聲，秋玨表示好生氣，可還是要保持微笑。

「妳到底什麼時候變回去？」

「我怎麼知道……之前都是很快的。」秋玨嘟囔一聲，也有些納悶。以往明明不到半個時辰就變回去了，可是這次……

裴清瞇了瞇眼，「之前？」

秋玨身子一僵，輕咳一聲移開了視線。

兩人面對面，大眼瞪著小眼。

很快過了半炷香，可秋玨依舊沒有變回去的意思。秋玨有些納悶，卻更多的是欣喜，說不定……她變不回去了呢。

「對了，有件事要問你。」

「何事？」

秋玨看向他，脣角勾起，問道：「你幹嘛把我的雕像搬回來？老實說，你是不是對我別有用心？」

裴清神色未變，就在秋玨期待他的回答時，裴清淡淡說出了三個字：「想太多」

想太多？她明明在陳述事實而已，怎麼就成了想太多？！

——好想打死他！

秋玨咬了咬牙，剛要發火，就被裴清扯著按倒在了床上。

秋玨一愣，下一刻裴清便將秋玨緊緊箝制在懷裡，順便將她嚴嚴實實罩在了毯子裡。秋玨心跳微微一頓，伸手推了推裴清的胸膛。

「別動。」裴清的聲音自頭頂上方響起。

秋玨只聽到一道腳步聲，想必是有人進來了。秋玨瞬間放輕呼吸，不敢造次。

「師尊，您還睡著嗎？」

是子旻。

裴清長臂將秋玨攬在懷裡，將秋玨牢牢護在懷中。

「嗯。」裴清淡淡應了一聲。

「小師妹的藥放在桌上了，記得讓她喝。小師妹還在睡嗎？」

「嗯。」裴清又應了一聲。

「那子旻告辭。」子旻隨意往裡掃了一眼，他只覺得有些怪異，卻也沒有多想。

待子旻離開，秋玨掙扎著就要出來。

「別動。」裴清攬著她腰的手微微收緊。

「人都走了。」

「安靜點，沒走遠呢。萬一回來怎麼辦……」

說得有些道理……秋玨不敢動了。她的腦袋就靠在裴清的胸膛上，也不知是不是秋玨的錯覺，她覺得裴清的心跳有些凌亂。

CHAPTER

第五章

秋玨軀體柔軟而又溫暖，裴清低垂眼瞼，眸中是一片壓抑的情愫。他的手緩緩上移，隔著毯子輕輕扣住了她的後腦杓。

秋玨有些不耐煩，催促道：「我能出來了嗎？」

「再等一會兒。」裴清閉上雙眸，脣略過她頭頂。

秋玨感覺不到裴清在做什麼，只覺得周圍安靜安分。

「我可能變不回去了……」秋玨咬著手指頭，「反正我現在也落在你這裡了，是殺是剮隨便你。」

「毒是妳下的？」裴清將毯子拉了下來，目光灼灼的看著秋玨。

「……是。」不知怎的，她有些心虛。

不過她心虛什麼？前世裴清捅死了自己，這一世還不讓她對他下個毒啊……

「之前說的那些都是騙我的？」

秋玨呼吸一窒，有些不敢看裴清的眼睛，「……我可什麼都沒說，那都是你以為的。」

裴清每次自作主張、各種腦補，秋玨只是順著裴清的意思來罷了，和騙不騙壓根兒沒什麼關係！秋玨表示，這個鍋她不想揹。

裴清哼笑一聲，不知是嘲諷秋玨，還是嘲諷自己。

他半天沒表態，秋玨也有些不耐煩了，催道：「我說，你到底想怎麼辦啊？要不你現在弄死我，要不放了我。當然，你放了我，我可能不會放過你。這點你要想好了。」

裴清懶洋洋的睜開眼睛看著她，「我有說我要放過妳了嗎？」

秋玨舔了舔乾澀的唇，半晌沒有開口。偌大的蒼梧殿寂靜無比，秋玨攥了攥拳頭，又問道：「那……那你想怎麼辦？看這情況，我是變不回去了。」

秋玨確定以及肯定自己是變不回去了，她倒是想回魔教，可看裴清完全沒有要放自己走的意思，她也不敢孤身莽闖，畢竟自己孤單影隻，不是那群上仙的對手。

秋玨靜靜看著裴清，沒敢說話。

裴清本想為秋玨隨便做件衣服穿，可在看到放在一旁幾件未來得及做好的小衣服時，一陣失落湧上心頭。修長的手指輕輕略過那些柔軟的布料，他不由得嘆氣，早知道當初就早點做好，要是早點做好了，萌萌便能早些穿上了。

秋玨的眸中倒映著裴清清雅的側臉，縱使他一言不發，秋玨也能感覺到裴清那濃濃的憂愁。她蹙眉，有些不滿道：「我說你有必要那麼難受嗎？」

裴清看她一眼，表情更加幽怨。

秋玨嘲弄一笑，補刀說：「何況就算你真的白撿一閨女，你閨女遲早也會長大、成家、生子，到時候你不是更難受？」

秋玨的話正中裴清胸口，他抿了抿脣，拿起針線開始縫製衣裳。

「你在為我做啊？」

裴清不語。

秋玨上前去推了推裴清的胳膊，打趣道：「不會真的是為我做吧？」

「嗯。」

CHAPTER

第五章

——有趣。

秋玨坐在他身旁，雙手托腮，明豔的雙眸一眨不眨的盯著裴清，「說起來……我怎麼不知道你這麼賢慧？」

裴清穿針引線的手微微一頓，聲音清淺：「有人說，我要是學會女紅，她就嫁給我。」

裴清的聲音有些低，秋玨往他那邊湊了湊，「我剛沒聽清楚，你重說一遍。」

「我說妳喜歡什麼花色？」

「哦……」秋玨有些無趣，「噬魂魔那個花色。」

裴清手一哆嗦，針尖再次刺入到指腹，他看著那滲透出來的小血珠，輕輕嘆了一口氣。

「啊呀！」

忽然，裴清的手被捧了起來。

秋玨張嘴含住了他的指尖，略顯責備的看他一眼，「你怎麼這麼不小心。」

她的紅脣含著他略顯蒼白的指尖，裴清能感覺到秋玨溫熱的舌尖在一點一點舔舐著他那小小的傷口，他心中微動，不由得看向秋玨。

秋玨很快意識到自己在做什麼，她僵愣著身子，繼續也不是，不繼續也不是。

片刻，裴清緩緩抽回了手。

「剛還以為是萌萌呢……」裴清自嘲一笑，接著從懷間掏出一個香囊。

那香囊的顏色有些眼熟，秋玨看去，可不眼熟嘛！這香囊上那歪歪扭扭的「裴清」二字還是她那天繡的。裴清什麼時候改成香囊了？

「你幹嘛帶這個？」

「這是萌萌第一次做的，自然要帶著。」裴清說，言語間滿是懷念，「說來可笑，先前萌萌每晚睡覺的時候，我都會趴在她床邊看著她，想著萌萌一點一點長大的樣子，想著她早晚會離開……」

秋玨抿了抿脣，不由得垂眸。

裴清斂目，繼續說道：「現在也好……少了那些煩心事。」

「做好了。」裴清將那件嫩黃色的衣衫遞了過去。

秋玨展開，發現裴清真在袖口上繡了一隻小小的噬魂魔，她不由得低低笑了出來，「還真有這個花色啊。」

「妳想要，便有。」

秋玨握著衣服的手一緊，她牽強的笑笑，繞過裴清去到後屋，「我去試試。」

「嗯。」

裴清做的衣服剛好合身，秋玨動作俐落的換上，她撫平衣服上的皺褶，透過珠簾小心的看他一眼。裴清還沒恢復完全，許是累了，此時正窩在床榻上閉目假寐。

秋玨沉了沉雙眸，她後退幾步，步伐輕巧的從窗外飛躍而出。浮玉後山有一條小路，那裡地形偏僻，平日也沒人把守，秋玨準備帶著噬魂魔，從那條小路離開回往魔界。

秋玨一走，窩在榻上的裴清便睜開了雙眸。他低垂眼瞼，若有所思。

保險起見，秋玨圍了一塊面紗。裴清還沒追出來，說明他真的睡著了，蒼梧殿也沒有其

CHAPTER

第五章

他人，從這裡繞到後山，應該是一件很容易得事。

就在秋玨覺得萬事妥當之時，她的肩膀被人輕輕拍了拍。

秋玨後背一僵，緩緩扭頭。望著那張臉，秋玨已經不知道自己到底是應該哭，還是應該笑了——怎麼又是這傢伙！

帝舜神君上下打量著秋玨，茫然說：「妳是……」

秋玨眼珠子轉了轉，指了指自己的嘴巴，接著搖了搖頭。

帝舜了然：「抱歉。」

秋玨點頭，繞過帝舜準備離開。

「等一下。」帝舜忽地拉住了秋玨的手，「裴清在嗎？」

秋玨再次點頭。

「妳是裴清的門下弟子嗎？」

秋玨有些苦，她開始懷疑帝舜是不是看上裴清了，不然怎麼總是盤問出現在他宮殿中的女性啊！

她再次點頭。

帝舜仍然沒有放手。片刻，帝舜笑了，扯著秋玨就往裡面走。

「既然如此，妳和我一起去見裴清吧。」

哈？她可是準備落跑的！和他再回去像什麼話？！

想著，秋玨開始掙扎，奈何帝舜力氣大，讓她沒有絲毫掙脫禁錮的可能。就這樣，二人拉拉扯扯又回到了殿內。

「裴清！」帝舜一把將秋玨甩到裴清面前。他指著秋玨，義憤填膺道：「我抓到了！」

「嗯？」

「她就是魔界派來的細作，這次絕對不會錯！」

秋玨揉著被捏得生疼的手腕，說好的不認人呢？這次怎麼一下子就把她認出來了，這不應該！

裴清淡然的看了秋玨一眼，後錯開視線，「她不是。」

帝舜挑眉，上前幾步，一把將秋玨的袖子撩了起來，露出一條嫩白的胳膊。他將秋玨的胳膊伸過去給裴清看，白皙的皮膚上正刺有魔族特有的刺青。

「你看，絕對沒有錯！裴清！這個女魔頭肯定是想混到你身邊，藉此除掉你，還好我發現的早——」

「她是我的心上人。」

「要不然浮玉宮就麻煩大了……啊？」

在秋玨和帝舜震驚的視線中，裴清又說了第二遍。

「她是我的心上人。為了和我在一起，她逃離魔界，來到了我的身邊。」

「……啊？」

帝舜懵了。他表示他的人生觀受到了衝擊。

裴清這人性子冷淡，這些年來還沒聽說對誰動情過，怎麼……怎麼突然就有了心上人？

CHAPTER

第五章

心上人還是魔界的？這不是在逗他就是在唬他吧？

「所以能為我保守秘密嗎？」裴清說，言辭誠懇。

帝舜一臉茫然，全然忘記要如何反應。要是裴清跟他說他喜歡男人，他都不會有這麼大的反應。

秋玨覺得……這段措辭有些耳熟啊。

「萌——」就在另外一個字脫口而出時，裴清急忙改口：「妳先出去，讓我和帝舜談一會兒。」

秋玨看了看帝舜，又看了看裴清，轉身出了門。

這下子，殿內只有他們二人了。

帝舜回神，忍不住問：「怎麼回事？」

「如你所見。」

「別鬧。」帝舜蹙眉，「我又不是真的傻。」

裴清笑笑，沒有說話。

帝舜見好友這般，也沒有多問，嘆了一口氣，自懷間掏出一個精緻的匣子扔了過去，說道：「從西海那邊弄來的靈石，可助你恢復修為。」

裴清接過，匣子裡的靈石珠圓玉潤，泛著淺淺的光澤。他笑了下，「你倒是有心了。」

帝舜冷哼一聲，說：「罷了，你的事我也不想多做過問。」

說完，他沒再看裴清的神色，轉身出門。走到門口時，他淡淡瞥了眼站在門外的秋玨，收回視線離開浮玉宮。路上帝舜越想越覺得不對，裴清這人性格寡淡，心裡一直牽繫著的唯有靈秋一人，可靈秋早在多年前就逝世了，現在說變心就變心，這怎麼想怎麼不對勁啊……那女子顯然是魔教的人，難不成是魔教派來迷惑裴清，想加害裴清？

帝舜越想越覺得心驚，腳步頓住，心思斗轉，最後掐了一個咒法出來，只見一陣白光閃過，一隻白色的鳥兒拍著翅膀盤旋在上空。

此鳥名為聽聽鳥，專門用來竊聽和偷看的，將鳥兒留下後，帝舜騰雲離開。

帝舜走後，秋玨又進了房間。瞥了眼放在桌上的匣子，她自顧自的拿起把玩著，又抬眸看了裴清一眼，發現裴清正閉目養神。

「帝舜神君對你可真好啊……」秋玨這話很是意味深長。

裴清神色未變，就連眼皮子都沒掀上一下。

秋玨鼓了鼓腮幫，走到裴清面前，微微彎腰看著他。這裴清也真是好看，即使離得這麼近，也難看出他臉上的瑕疵，眉眼更是像描繪上去似的，精緻細膩無比。

看著那微顫的雙睫，秋玨心中微動，伸手觸了上去，可突然間裴清睜開了眼睛。他雙眸極黑，眸底倒映著秋玨略顯愣然的五官。愣怔片刻後，秋玨輕咳一聲直起身子，背過身。

裴清唇邊蕩開一抹笑意，清淺的語氣中帶著些許寵溺：「萌萌，莫要胡鬧。」

「都說了我不是萌萌！我是秋玨！」

她話音剛落，裴清說：「我就當妳是長大了，長大的萌萌也是萌萌。」

秋玨氣結，然而轉念一想，他這話說得沒什麼毛病。

CHAPTER

第五章

※⊙※⊙※⊙※

屋內的二人並未發現窗臺上停留了一隻鳥兒，聽完他們的對話後，鳥兒拍打著翅膀緩緩飛向天邊，穿過山巒和雲端，一路來到了帝舜懷裡。

帝舜小心的將鳥兒放在耳邊，裡面傳出了一男一女對話的聲音，當聽到那句「我不是萌萌，我是秋珏」時，帝舜整個人都懵了。

——這是什麼情況！

——敢情那魔女不單單是魔女，還是統領魔界的女魔頭！

帝舜有些暈，帝舜承受不來，帝舜想緩緩。

他轉念一想，裴清不是跟那個女魔頭不和嗎？就算是因恨生愛，也不會生得這麼快，難不成……

腦海中突然萌生出一個大膽的想法，來不及多想，帝舜直接前往輪迴司。

輪迴司掌管六界事物輪迴，在這裡能看到一個人的前世今生乃七世往生。

當看到帝舜神君進門時，輪迴司的掌司先是愣了下，而後趕忙起身迎了過來。

「恭迎帝舜神君，不知帝舜神君為何前來我這小輪迴司？」也是奇怪，帝舜神君向來不屑和他們這群神仙為伍，這次竟然過來找他了？想來……應該不會有什麼好事。

果然，這個念頭一出，帝舜就開口了。

「我要看一個人的今世輪迴。」

「誰？」

帝舜說出了一個名字：「靈秋。」

當下，掌司臉色變了。

「帝舜神君，這個……有違規矩啊！」

「我只是看一眼，看完我就走。」

掌司為難道：「帝舜神君，若是其他事我便二話不說答應了，可擅自查看輪迴，這……這實在不妥。」

帝舜挑眉，「既然如此，我就將掌司的那件事說出去，這應該……符合規矩吧？」

這下子掌司整個臉色都鐵青了。

把柄在人家手上，掌司沒辦法，輕嘆一口氣帶著帝舜來到了輪迴鏡前。

「帝舜神君，你只能看一眼，還有，此事萬萬不能透露出去。」

眼看帝舜有些不耐煩了，掌司不敢囉嗦，急忙打開了輪迴鏡。

施法過後，那面原本平凡的鏡子忽然閃現出淺淺的光，光線中，女子的身影漸漸浮現在他的面前……

帝舜看得認真，然而他忘記一件事——自己是個臉盲。

帝舜盯著女子的臉看了半天，好看的眉頭緊緊擰了起來，扯過掌司就問：「這誰啊？」

掌司說：「靈秋啊，不是你要看靈秋嗎？」

帝舜懷疑說：「這是靈秋？你別唬我不認人啊！」

掌司：「……」

若不是帝舜神君是九重天內唯二的龍族，他早就將他推進這輪迴池重新改造了！那眼睛是好看，但就是個睜眼瞎！

掌司翻了個白眼，「既然你不認人了，那就別浪費我時間了……」

帝舜唯有這個時候才痛恨自己有這毛病，如今想救好友也救不了，他嘆了口氣，直接問道：「你就告訴我她這世叫什麼便好。」

掌司張了張嘴，這名字可不是隨便能說的，他環視一圈，見沒人後，哆哆嗦嗦吐出了兩個字：「秋玨。」

——秋玨……

——秋玨！

帝舜臉色驟然變了，他沒看掌司的臉色，立即駕雲離去。

帝舜怎麼也沒想到裴清還會對那個女人抱有奢望，甚至在她轉世後也沒有忘卻！

一路殺到浮玉宮，帝舜一眼看到走在前面的白衣男子，他衝上去扯住了對方的衣領，怒然道：「裴清！我有話和你說！」

「裴清」嚇得一個哆嗦，盯著帝舜神君那雙幽深的眼眸看了幾秒後，開口了，有些結巴道：「神……神君，您又認錯人了，我不是師尊，師尊在蒼梧殿呢。」

聲音的確有些不對。

帝舜打量他幾秒，哼了聲鬆開童子，轉而向蒼梧殿衝去。

「裴清！你出來，我有話和你說！」

——這條龍怎麼又來了？

裴清有些厭煩，瞥了眼秋玨後，起身走了出來。

見他出來，帝舜上上下下左左右右看他幾眼，確定沒問題後，上前一把扯住了裴清的衣領，怒然道：「裴清！你過來，我有話和你說。」

裴清不語，垂下的雙眸落在他緊拉著自己衣領的手上。帝舜輕咳一聲，略微尷尬的鬆開了手。裴清撫平略顯皺褶的衣衫，踱步向前走去，帝舜往後看了眼，確定秋玨沒有跟著後，放心的跟上了裴清。

然而他們剛走沒多久，屋子裡面的秋玨就鬼鬼祟祟的偷偷跟在了二人身後。

一路來到浮玉後山，這下只剩帝舜和裴清二人了，帝舜沒有囉嗦，直入主題。

「裴清，我都知道了。」帝舜怒視著好友，「過了這麼久，我本以為你想通了，可你竟然把那女人偷藏在了宮殿中？若是此事被那群上仙知曉，你知道有什麼後果嗎？！」

第六章
這對龍兄弟依舊蠢萌

冷風蕭瑟，浮玉山已進入秋季。

裴清的衣袍被風吹得獵獵作響，他攥緊拳頭，墨染的眉眼間和以往一樣清冷淡漠。

他說：「這與你無關。」

「裴清。」帝舜直勾勾的看著他，上前幾步說：「我知道此事與我無關，可你是我的好友，我不能讓你自甘毀滅，難道你忘記曾在通天鏡裡所看到的畫面了？！」

裴清自然沒有忘。

通天鏡通前世，預禍端。多年前，站在鏡前的裴清看到了浮玉宮未來的命脈。

那是冬雪，然而厚重的大雪無法覆蓋浮玉的焰烈炙火，沖天的火光染紅了半邊天，往日平靜的浮玉在那刻宛如修羅地獄，無數浮玉弟子在此掙扎，最終化成灰燼。

她就站在正殿門前，一身紅衣襯著灰敗的天空，她精緻的臉上沒有絲毫表情，雙眸睥睨著腳底的殘骸。

通天鏡不會出錯，眼前的景象告訴裴清，往後的靈秋會摧毀浮玉宮。

再後來，師父對裴清說，靈秋本身殺星轉世，生來為惡，等到她命脈甦醒的那一天，六界將動亂不堪，百姓會陷入水深火熱的生活。

可是，那又與他何干？

裴清自始至終想要的，只有靈秋，唯有靈秋，就算世間不容，就算天地動盪，他也要和她在一起。

然而，裴清沒能護得了她。

CHAPTER

第六章

「裴清，你現在必須讓她離開，這是為你好，也是為她好。」帝舜深吸一口氣，最終只說出這句話。

裴清攥了攥拳頭，聲音融入到秋風中：「她經歷天劫，如今法力尚未恢復，若是此時讓她回去，是送她去死。」

魔界的魔物向來不會掩飾自己的野心勃勃，若是看到他們的教主變成這般模樣，自然會殺人奪權。裴清沒能護得了她上一世，也絕不會護不了這一世。

帝舜看他如此執迷不悟，心裡氣惱得慌，魔界本就和仙界水火不容，更別提仙界無數上仙想取秋玨性命，甚至有無數上仙看裴清不順眼，何況裴清前些天才包庇了萌萌，若是女魔頭秋玨在浮玉宮的消息被人得知，那裴清……真的是死無葬身之地了。

帝舜本就不是什麼有耐性的，他從頭到尾只在乎自己在乎的事，當下冷哼一聲說：「為了不讓你往日後悔，現在我就去殺了那女魔頭。你不是說她沒了修為？那正好嘍！」

此話一出，裴清神色頓時冷了下去，周身氣勢傾洩而出，驚起周邊飛鳥，「你敢！」

「你看我敢不敢！」帝舜也怒了，「裴清，靈秋本就應該被永生永世關在鎖魂塔的，若不是你那一劍，哪裡還有這一世的秋玨？你可知道，若是那群上仙知道秋玨的身分，會發生什麼事？難不成你忘記先前發生的事了？」

裴清喉結微微滾動，臉色驟然變得難看起來。

他怎麼會忘？他至今都還記得那一天，小師弟步履匆匆、神色慌亂的向他跑來告訴他，師父要將靈秋關到天山的鎖魂塔裡，要用她的殺神命脈來鎮壓那些蠢蠢欲動的惡鬼妖魂。

鎖魂塔關押著窮凶極惡、無法進入輪迴道的六界妖魔，一旦鎖魂破開，這些妖魔便會衝入凡間，後果不敢設想。用靈秋的命脈來鎮魂，的確是一個完美的法子。然而，一旦魂魄被關到那裡，便再無往生；以後的每一天、每一年，都將禁錮在其中，無法輪迴，生生世世都要在痛苦中不能超生。

靈秋注定逃不去。

他不能讓她失去自由。

——與其活著受罪，倒不如死了……

裴清那一劍無比堅決，他殺了她，實則是救了她；他救了她，卻也徹底斬斷了他們兩人的情根。

帝舜不死心的說道：「裴清，你就真的不在乎？靈秋她是殺星，是你命中之劫，她早晚會毀了你！」

天邊昏黃的光恍若薄紗一般籠罩在裴清身上，為他蒙了一層虛幻的光影。

裴清聲線清淺，卻滿是固執。

「那又如何？」他說：「她是魔鬼也好，是修羅也罷，我都會護著她，不管她變成什麼樣子……我都不在乎。」

「上一世我欠她，這一世我願放下一切和她走，只要她要我。」

比起身分地位，裴清更想要一個安穩的家，要一個孩子，每日甜甜的叫他爹爹，他什麼都不求，什麼都不要，只想安安穩穩過以後的日子。

CHAPTER

第六章

帝舜看著眼前的好友，突然有些無奈。他與裴清相識已久，裴清看似沉默冷淡，實則固執無比，他從不輕易改變自己的決定。

該說的他都說了，該做的也都做了，再談下去未免會傷了和氣，帝舜嘆了口氣，懶得再搭理裴清，準備轉身離開。

然而裴清叫住了他：「帝舜，幫我個忙。」

看著裴清，帝舜心中猛然生出不好的預感。

果不其然，裴清開口道：「萌萌留在我這裡不甚安全，我想在她法力恢復前，就到你家小住幾日吧。」

帝舜：……你在逗我嗎？我過來是要殺了那個女魔頭，不是邀請女魔頭去家裡做客的好嗎！這是在搞笑嗎？

當下，帝舜搖頭就要拒絕。

然而裴清突然拍上了他的肩膀，一臉懇求道：「摯友，我需要你。」

——摯友，我需要你……

——需要你……

這……這不答應也要答應了啊！

那邊的兩人已達成了協定，可一直在外面偷聽的秋玨卻有些心驚。她瞪大眼睛，神色帶著無措和茫然。

她剛才聽到了什麼？裴清之所以殺她，是為了救她？

秋玨是知道鎖魂塔的，可她從未想過那群該死的神仙竟然想讓她去壓制住那些妖魔，而裴清殺她是為了讓她重新進入輪迴……

既然如此，最後抱著她的那個少年又是誰？

前世的記憶太過久遠，秋玨捂著隱隱作痛的腦袋，眼看裡面的兩人要出來，秋玨不敢耽誤，趕忙跑開。

她一路跑得急切，未注意前方，只聽「砰」的一下撞上了來人，秋玨抬頭說了聲抱歉，小弟子先是應了聲，但在看到秋玨的臉時，一張嘴瞬間張大。

「魔……魔頭！」

「……」

——糟了！

秋玨暗叫不好，想也沒想的一拳將小弟子打暈，左右看看確定沒人後，利用咒法將他捆起，藏到了灌木叢中。做完這一切，秋玨才匆匆回到蒼梧殿。

進了殿門，秋玨一屁股坐在了門口，她要等裴清回來，等裴清回來問個清楚！

這樣想著，裴清就回來了。

他站在門外定定看著秋玨，往日的記憶重新浮入腦海。

第一次見到靈秋是在那片螢火之森裡，她像是一個小乞丐似的窩在草叢中，渾身髒亂、臉頰乾瘦，裴清看她小小一團，不由得起了憐憫之心。於是裴清幫她找來食物，還將自己的衣服留在了靈秋身邊。未曾想到，他的這一舉動讓那孩子纏上了。

裴清生來不會應付別人，也不喜歡和陌生人交談。他開始是有些厭煩的，可每當這時，靈秋就會用一雙大眼睛看著他——她的眸中盛著螢火，閃亮而又讓人迷醉。

他們一同入了浮玉宮，靈秋那叛逆靈動的性子和這裡的一切格格不入。靈秋不被眾人喜歡，不管是師兄弟、還是師父師叔，他們都不喜歡靈秋，可礙於他的面子便放任她不管……

裴清對她的心意從未變過，就算世間不容她，他也會對她不離不棄。

然而，裴清高估了自己。

其實她死了也好，死了就能重新開始，就能忘了他，就能過她一直想過的無憂無慮的人生。裴清除了給她帶來無數的劫難外……其他的，一無所有。

回想撿到萌萌時的情形，那時候她真像第一次見面的靈秋，一樣的眼神，一樣髒兮兮的身體……也難怪像，誰讓她們是同一個人呢！

「裴清！」

就在此時，秋珏站起來向他沖來，氣勢洶洶，雙眸灼灼，給人一種莫名的壓迫感。

裴清掩去心底的情緒，看向她的眼眸依舊是淡淡的。

「我有事要問你。」

——你當初殺我是為了阻止我被人關進鎖魂塔嗎？！

心裡明明想的是這個問題，可她說出口的卻是：「你親我的雕像，看我的眼神讓我覺得很奇怪。」秋珏直勾勾的看著裴清，「你是不是……喜歡我？」

還喜歡著她，還記著以往發生的一切……

裴清呼吸一窒，聲線喑啞：「我不知道妳在說什麼。」

「你別裝了。」秋玨上前將他的腦袋扳正，強迫裴清與她對視著，「我都知道，剛才你和帝舜神君的對話，我都聽到了。」

與其藏著掖著，倒不如今天都敞開說了。她最不喜歡別人有事瞞著她，現在想想，上一世發生的事都有很多疑點，今天她全要問個清楚！

裴清愣愣的看著她，張了張嘴，吐出幾個乾澀的字：「妳說什麼？」

「我說你們的對話我都聽見了，現在你告訴我當時到底是怎麼回事？你是怕我被關進鎖魂塔，所以才殺了我？可我記得抱我離開的人並不是你。」

不是他，當然不是他了……

裴清殺了秋玨後，整個浮玉宮都陷入不安的動盪。

記得當時，不知從哪裡竄出了一個全身是血的蒙面少年，他跌跌撞撞的跑到靈秋身邊，一遍一遍的叫著她的名字……

「師兄，這人是魔教弟子！」

——魔教？

裴清思緒微轉，他看不清楚少年的臉，卻看到了他的眼神，那是痛不欲生、心神俱滅的眼神。

「你帶她走……」裴清顫著聲音，「帶她離開這裡。」

CHAPTER

第六章

「你們也給我聽著！」裴清充血的雙眸環視過師兄弟們，「待會兒，誰也不能……誰也不能攔著他們，讓他平安離開浮玉宮。」

少年帶著靈秋的屍體離開後，裴清又去了輪迴司，人死後的魂魄都會來到這裡。裴清怕那群上仙還打她魂魄的主意，於是不管不顧的強行將靈秋的魂魄送入到了輪迴鏡中。

「不行啊！那條路……那條路是通往魔道的！」

掌司急得團團轉，要是投了凡胎，他們起碼還能找到她；可若是帶著殺神血脈的惡徒修了魔，他簡直不敢想了！

「成魔好……」

此時浮玉宮和天山的人都趕來了，裴清看著暗下去的鏡子，笑得放肆：「若是成了魔，仙便對妳無可奈何。靈秋不喜拘束，魔界……魔界一定沒那麼多彎彎繞繞……」

「靈秋……」裴清叫了一聲她的名字，「往前走，別回頭。」

——從此以後，妳將肆意而活，無拘無束。

雖然裴清放走了靈秋，但寵愛徒弟的浮玉掌門並沒有追究。再後來，浮玉掌門仙逝，逝去前將位置交給裴清。裴清繼位後，重整仙界，以自己神力暫時鎮壓鎖魂塔。

裴清的繼位轟動了整個仙界。

當時所有人都記得有關靈秋的事情，不明真相的人將此事情傳著傳著，就變成了裴清為了仙途，手刃未婚妻子。

裴清一直當著這個「負心漢」。

靈秋死後，裴清的一顆心也跟著死了。上位後的裴清不再招收弟子，整日待在蒼梧殿。偶爾他會下山看看，運氣好了還能遇到轉世後的靈秋，也就是秋玨。

魔界相對仙界和妖界來說要安生的多。

秋玨過得很好，不過常有幹完壞事的流氓仙人將黑鍋丟在秋玨身上，也有殺完人的妖精將命案栽贓給秋玨，久而久之，一直沒什麼大作為的秋玨就莫名其妙成為了別人口中危害蒼生「女魔頭」。

後來她真的開始危害了，三天兩頭來仙界找他們的麻煩。

裴清很開心。

上一世的靈秋一直為了他而活，一直不管不顧的跟在他身邊，她跟著他的腳步，順從著他的喜好，一切都圍繞著他。

這一世，她變得強大，變得如他所期望那般的無所顧忌。

裴清定定看著秋玨。這次，他不會允許有人破壞掉她的安穩，更不會允許有人傷害她！

「帝舜正在外頭等候，妳暫時先和他走，等妳法力恢復，我會讓他送妳回魔界。」

秋玨咬了咬牙，看裴老賊這樣子是鐵了心瞞下去，想著糊弄她離開。她就是不喜歡他這副死性子，看著就讓人生氣。

秋玨瞪著裴清，怒然道：「裴清，你這麼急著把我送回去，難不成是怕養虎為患？」

「的確是養虎為患。」裴清說：「我以為自己撿回來的是一隻小貓。」

誰是小貓啊！秋玨瞪大眼睛，不滿的看向他，「是你自己非要帶我回來的，怪誰？」

「怪我。」

秋玨再次啞然。

「總之妳不能留在這裡。」

「哦。」秋玨挑眉，小心上前幾步，踮起腳尖環住了他的脖頸，這是他們之前常做的親密舉動，「難不成你想把我打發走，再撿一個小孩兒養？」

裴清蹙眉，神色間有些不滿，寬厚的掌心一把扯住秋玨的手，「別鬧。」

「我沒鬧。」秋玨攥了攥拳頭，「你只要告訴我上一世的真相便好，我想要的也只是一個真相。你知道我不喜別人欺瞞，你若是今日不告訴我，日後我會繼續恨你，難道這是你想看到的結果？」

裴清喉結動了動，半晌未語。

就在兩人僵持之際，外面突然傳來了子旻慌亂的聲音。

「師尊，不好了！天玄門、長空山、靈虛山、雲逸閣等三十多個門派都聚集在山下，他們正向正殿趕來！」

裴清眸光微閃，一把拉住了秋玨的手。

秋玨從愣怔中回神，她呆呆的由裴清牽扯著手。片刻，秋玨像是想起什麼一樣，開始掙扎，「裴清，你要做什麼？」

「安靜。」裴清瞥她一眼，那眼神幽涼，帶著警告的意味。

秋玨呼吸一窒，竟有些不敢再動。

裴清領著秋玨繞過閣內後方，他走到一花瓶前，指尖輕點，只見瓶子上的花紋開始產生變化，緊接著一條幽暗的密道自裴清身後緩緩延伸。

「進去。」

秋玨愣著沒有動。

「這條密道接連後山，帝舜在那裡等妳，妳和他離開！」

子旻匆忙的腳步聲越發近了，裴清眼角餘光向後瞥了一眼，又定定看著秋玨。她眸中是毫不掩飾的愕然，裴清抿脣，看著她的眸色複雜，最後像是決定什麼般，上前幾步捧起秋玨的臉蛋，彎腰輕輕吻了下去，如同蜻蜓點水般的吻，夾雜著小心翼翼和呵護。

「我從未想過傷害妳，不管妳是萌萌也好，是魔女也罷，我只想護著妳。」

秋玨不可置信的看著裴清，她瞪大的眼睛中倒映著裴清的臉頰。

眼前的密道門逐漸闔上，將他們二人慢慢阻擋成兩個世界。

「裴清……」秋玨咬緊下脣，現在她法力尚未恢復，如若出去也只是添亂，與其這樣倒不如離開。最後看了密道門一眼，秋玨狠了狠心轉身離開。

「師尊，不好了！」此時子旻已經進來了，微微喘息，額頭布著一層淺汗。

裴清拂袖上前，一臉清冷淡然道：「身為浮玉宮弟子，你這般失態，成何體統？」

「哪來什麼體統啊！」子旻摸了一把臉上的汗水，著急道：「玄空尊者結合其他門派的上仙攻過來了，怕又是為了萌萌那件事。說起來萌萌呢？」

裴清依舊淡定，說道：「萌萌去帝舜那裡了。」

子旻鬆了一口氣，半晌又精神緊繃，瞪大眼睛不可置信的看著裴清，「萌萌……師尊竟然把萌萌放在帝舜神君哪裡？」

「放心，她一切安好。你大師兄呢？」

「大師兄和其他弟子在正殿守著呢。」

裴清沒有說話，徑直向正殿走去。許是裴清的淡然影響到了子旻，那一瞬間，子旻也淡定了。

※⊙※⊙※⊙※

就在子旻去找裴清時，子霽正在正殿前與一眾上仙對峙。

看著那密密麻麻的人群，子霽不由得有些頭疼，他硬著頭皮迎了上去，臉上掛著淺淺的溫和笑意，「不知各位上仙氣勢洶洶前來，可是有什麼急事？」

「你這小子別和老夫油嘴滑舌了。」玄空尊者懶得和子霽廢話，「老實交代，女魔頭秋玨是否藏在你浮玉宮中？」

子霽懵了。

這……這為了替他徒弟報仇，竟然都說起瞎話來了！

子霽環視一圈，更搞笑的是，其他上仙都還跟著來了。

「玄空尊者，此話怎講？」

「我們都聽說了，聽說那女魔頭就在你浮玉山上，現在你讓我們進去，這浮玉山就這麼大點，我們這麼多上仙在，相信她跑不了。」

說話的是榮成上仙，他對秋玨上次破壞仙池的事依舊耿耿於懷，一聽說秋玨女魔頭在這裡，當下就放下了幫女兒準備換的尿布，馬不停蹄的趕了過來。

子霽又懵了，「各位上仙將我搞糊塗了，眾仙的意思是，女魔頭秋玨在我浮玉宮中？」

玄空尊者已有些不耐，「這消息就是從你門中人口中放出來的，你還裝傻？難不成你們是故意將那女魔頭藏在這裡，從而攔著我們不讓我們進去？」

「就是，你們浮玉宮不會和那個女魔頭是一夥兒的吧？」

「想想裴清的前情人還是殺星來著，現在和女魔頭搞在一起也不奇怪。」

「藏匿魔教教徒可是大罪！你趕緊把裴清叫出來！」

「……」

眾人你一言我一語，嘰嘰喳喳說個不停。

子霽腦袋更疼了，他開口安撫著，然而他的聲音立刻被淹沒在人潮中。子霽嘆氣，就在此時，子旻帶著裴清來了。

裴清一出現，在場的人頓時安靜了下去。

「玄空尊者莫不是找到證據了？」裴清笑得清淺，墨染的眸中含著些許嘲諷。

裴清戳中了玄空尊者的痛楚，玄空尊者呼吸微窒，很快回神，道：「我們接到消息，說

CHAPTER

第六章

女魔頭秋玨在你宮中。」

「哦？」裴清挑眉，「玄空尊者能否告知，消息是從哪裡傳來的？」

「自然是從你門裡傳來的。」

「那是我門內的誰告訴你的？」

玄空尊者懶得和裴清打口舌之戰，瞥了裴清一眼，冷哼一聲轉過頭，「還不快出來？」

話音剛落，就見一個矮小的弟子從人群後緩緩鑽了出來，他縮著肩膀，小心翼翼看了眼裴清後又迅速垂下了腦袋。

原來他就是當時不小心撞到秋玨的弟子，發現秋玨身分後立刻用玄光鏡稟報玄空尊者，畢竟女魔頭在浮玉宮可是大事，此事瞞不得！

看著浮玉弟子一張張沉默的臉，玄空尊者甚是得意道：「裴清，你還有什麼要說的？」

裴清視線一瞥，落在了小弟子臉上，「過來。」

小弟子身子一個激靈，被他這個眼神嚇得差點沒站穩。

「我讓你過來。」

「師尊……」小弟子低著腦袋，一點一點挪動到裴清身邊。

「我問你，你可是真看見女魔頭了？」

小弟子吞嚥口唾沫，輕輕點頭，又輕輕搖頭。

「莫怕，你大可說便是。」

「我……我真看見了，就在浮玉宮後山。」

此話一出，又是一片譁然。

裴清神色未變道：「既然你說看見了女魔頭，那麼她會好心放你走？」

弟子張了張嘴，沒發出聲音。

裴清哼了一聲，居高臨下俯視著眾人，「在座眾仙都知那女魔頭殘忍冷血，如若我這小弟子不幸真撞見那魔頭，魔頭怎會好心放他走，還允許他去告狀？」

這……這話說得沒錯啊！全天下都知道秋玨那魔頭斤斤計較、心狠手辣，要是被人發現了身分，絕對不會讓那人活命，哪還會好生生放他們走？

趕著去報信的小弟子顯然這時才想到這點，他撓了撓頭，神色茫然道：「也許……是我看錯了？」

眾仙：應該是……看錯了？

裴清勾了勾唇，環視一圈，再接觸到裴清視線的神仙們立刻小小後退一步。

最後，裴清將視線放在了玄空尊者身上，「上次你帶著你天玄門弟子來我這裡胡鬧，我並沒有追究。怎麼……」裴清笑意微斂，眸光滿是凜然，「這次只是一個小小誤會，就勞你如此興師動眾，帶著一夥人趕著到我這裡鬧事，看樣子各位還真不把我裴清放在眼裡。」

裴清話中的威脅意味更濃。他的仙歷比在場所有神仙都高，手段又放在那裡，當下眾仙都有些怯場了，紛紛後退了幾步。

本身他們過來就是湊個熱鬧的，秋玨雖然給他們找過不痛快，但實質性的傷害還真的沒有過，如今裴清這樣一說，這些人就慫了。

CHAPTER

第六章

「玄空尊者，我們要不回去吧？」身旁的一個上仙扯了扯玄空尊者的衣袖，「我想起我家裡的鴨子還沒餵呢……」

「是啊……我出來的時候正在幫閨女洗澡，現在閨女還在浴池裡待著呢。」

「我看算了，那個女魔頭要是真的在浮玉宮中，浮玉仙尊怎麼可能不知道？」

「說的也是啊……我看是誤報。」

玄空尊者越聽越來氣，眼角抽了抽，怒道：「來的時候你們還說要裴清好看呢！呃……這就有點尷尬了。

「各位如果不信任我，大可讓幾個弟子來我宮中查查，看女魔頭是不是真的在這裡。你們說這樣可好？」

裴清這是給他們臺階下呢！一些不想惹麻煩的順著臺階就下了。

眾人三三兩兩的進了浮玉宮中，守在外面的一群人大眼瞪著小眼。沒一會兒，前去查看的弟子都出來了，紛紛搖頭，「沒發現女魔頭的影子……」

「那……那既然沒有，我們就去其他地方找找。今天真是太失禮了，還請浮玉仙尊多多包涵。」

結果都出來了，再留在這裡也沒什麼意思，他們又不能真的把人家門內翻個底朝天。

周圍人都走光了，現在只剩下玄空尊者了。

玄空尊者有些不甘心，當時接到消息，他火急火燎的就通報眾仙趕來捉人。原本想著能抓住秋玨，再去崑崙老祖那裡控訴裴清窩藏魔教教主，順勢將裴清拉下馬，結果……結果又白費苦心！竹籃子打水一場空！

玄空尊者咬咬牙，他可不相信空穴來風。玄空尊者相信，裴清他肯定隱瞞了什麼！

「我們走！」

「慢走不送。」往著玄空尊者的背影，裴清沒有絲毫客氣，「還請玄空尊者下次不要這麼大費周章的搞這麼大動靜了，你又不是三歲小孩兒，聽風就是雨。」

玄空尊者腳下一個踉蹌，最後步伐匆匆，身影逐漸消失在裴清的視線中。

※⊙※⊙※⊙※

此時秋玨被成功帶到了龍澤仙地。

龍澤仙雲嫋嫋，地勢複雜。

帝舜看秋玨不順眼，雖然他答應裴清帶秋玨走，可並沒有給秋玨好臉色看，剛到龍澤就不甚溫柔的將秋玨丟在了地上，接著化作人形未看她一眼便向裡面走去。

秋玨盯著帝舜的背影看了一會兒，臭不要臉的跟著上去，追問道：「帝舜神君，你和裴清的對話我都聽到了，能告訴我當時發生了什麼事嗎？」

既然裴清不願意告訴她，那帝舜肯定是願意說的。

帝舜是願意說，然而……他並不是一個多嘴的人。他淡然的看了秋玨一眼後，繼續向裡屋走去。

第六章

——這條臭龍……

秋玨咬咬牙，心裡不歡喜得很。可秋玨有的是辦法對付這種悶騷性子的人，這都是和裴清相處練出來的。

秋玨輕咳一聲，說：「如果你不告訴我，現在我就回去找裴清，說帝舜神君欺負我。」

走在前面的帝舜腳下一個趔趄，扭頭怒視著秋玨，「妳敢？」

「你看我敢不敢。」

「妳敢說我就撕爛妳的嘴！」

「那正好，你若是撕爛我的嘴，罪名豈不是坐實了？」

嗨呀，氣死人了！

論無恥，帝舜是比不過秋玨。

帝舜想了想，自己也沒必要摻和這女魔頭和裴清的事，既然她都聽到了他們的對話，不妨今天告訴她真相算了，若是這女魔頭得知真相，說不定就放摯友一條生路了。

帝舜算盤打得響，扭頭望向秋玨道：「妳問吧，本王知道的都會告訴妳。」

竟然這麼容易就妥協了，秋玨深感意外。她直接問：「裴清知道我是靈秋嗎？」

「知道。」

「他什麼時候知道的？」

「從一開始就知道。」

秋玨呼吸一頓，不由得攥緊拳頭，「他為何殺我？」

帝舜沉默半晌，雙眸略顯幽深。

「他只能那麼做……」帝舜說：「當時鎖魂塔眼看失守，他們需要一個妖力強大的靈魂去鎮壓妖魂，而身為殺星轉世的妳是很好的選擇。」

如若當時裴清不殺死秋玨，那麼不管是秋玨的肉體還是魂魄都將會永生永生禁錮在鎖魂塔內，無法轉世，不入輪迴。

「裴清不願妳被利用，與其讓妳生不如死，倒不如……倒不如殺了妳。」

秋玨懂了。

所以他當時才會說下輩子不要認識他這種話……

所以才……

此時秋玨內心複雜，她是依靠著對裴清的恨走過輪迴、入了魔界，如今一切卻指向另外一個真相。

秋玨是愛著裴清的，更是深深念著裴清的，多年的感情即使過了這麼久也沒有被輕易忘卻。如今一切明瞭，秋玨內心恍然了、亮堂了，一直以來壓抑在心裡的那塊沉甸甸的石頭也放下了。

帝舜看著秋玨，說了最後一句話：「現在妳知道真相了。妳和裴清從一開始就是兩個世界的人，我勸妳還是趁早離開，不要再耽誤裴清。」

秋玨一臉納悶的看著他，「你在說什麼啊？雖然裴老賊是殺了上一世的我，可現在我好生生的，當初的一切也是個誤會。尤其我現在還喜歡著他，以後自然要和他在一起。帝舜神

CHAPTER

第六章

君，謝謝你告訴我這些事，我秋珏不勝感激。」

不勝感激……

不勝感激……

帝舜神君懵了，他的主要目的是為了讓秋珏放下裴清啊！不是為了成為他們兩人的紅娘啊喂這個走向有些不太對吧！

既然一切都清楚了，那麼秋珏自然不會想留在這裡。外面並沒有傳來浮玉那邊的風聲，想來是息事寧人了，暫時在龍澤度過兩夜後，秋珏準備回浮玉宮。

經過先前那事，帝舜神君肯定是生氣了，自然也不會帶她回去。那一切都要靠自己了！然而……秋珏並不認識路！

這龍澤仙地的地形複雜無比，像迷宮般一山環著一山，她法力尚未恢復，每次爬一座山巒便累得要死。

現在是正午，秋珏環視一圈，只看到無邊的山脈和森林，自己是從哪個方向出來又到哪個方向來著？完全沒有頭緒。早知道就找帝舜神君幫忙了！秋珏表示後悔一個人出來了。

就在此時，身後突然傳來一陣詭異的窸窣聲。秋珏眸光一銳，利刃瞬間出袖，直向身後刺去，可在看到那張臉頰的時候，她手上動作停頓了。

站在身後的小小少年穿著玉白衣衫，小臉白淨，看著秋珏的眼神透著些許茫然。這正是和明沒錯。

秋玨將利刃收起，居高臨下看著和明。此時和明也在打量著秋玨，這張臉是陌生卻也是精緻的，無疑是自己喜歡的那型沒錯。

和明輕咳聲，臉頰微紅道：「不知這位小姐何故出現在此地？」

秋玨懶得搭理這條小龍，未看他轉身離開。

和明邁著兩條小短腿跟上秋玨，歪了歪頭，問：「難不成……妳是我大哥找來的女人？」

秋玨：「……」

和明再次打量著秋玨，嘖嘖兩聲：「雖然妳長得是不錯，可我大哥不認人啊，如今讓妳過來，怕是真愛。」

秋玨眼角抽了抽，呵斥道：「小孩子家家別瞎說話！」

和明道：「我說的是實話，不過妳能受得了我哥，我也挺佩服的。說來妳怎麼會出現在這裡？莫不是找不到路了？」

秋玨臉上一紅，輕咳一聲以飾尷尬。

「是找不到路了，你能帶我離開嗎？」

「是可以。」和明應得乾脆，餘光瞥了秋玨一眼，又說：「不過妳要告訴我名字。」

「秋……」不對，不能說真名。

「萌……」不行，她現在是個威風凜凜的大人，怎麼還能叫那麼羞恥的名字！

和明一笑，彎起的雙眸如同玄月，「哦，原來妳叫秋萌啊。說來真巧，我有個朋友，名字裡也有一個萌字，我跟妳說，她超級可愛的，是我未來的王妃。」

秋玨：「……」她要怎麼告訴他真相比較好？

秋玨憐憫的看了和明一眼，默不作聲的跟在了和明身後。

「說起來妳長得和她也挺像的。」和明又看了她幾眼，片刻，他搖了搖頭，「不過她沒妳這麼庸俗。」

秋玨：「……」死小孩到底會不會說話啊！她全身上下到底哪裡庸俗了！

再快到正殿的時候，秋玨突然覺得身上燥熱，這種感覺來得突然，但莫名熟悉。

——不會又要……

秋玨抽了抽眼角，下一刻，她便「砰」的一聲變成了圓滾滾的小孩兒。秋玨整個人被蒙在了那寬大的衣衫中，她費力的掙脫開來，對上了一臉懵傻、措手不及、不知剛才到底發生了什麼事的和明。

秋玨突然淡定了。

「……和明。」

「噓。」和明瞪大眼睛，張嘴就要尖叫。

秋玨一把捂住了和明的嘴，眸中倒映著和明那寫滿滿是無措的眼神。

「安靜點。」

和明點頭，表情像是要快哭一樣。

秋玨緩緩鬆開他。

「啊——！！！」

尖叫聲衝破天空，四周迴響著和明驚恐的尖叫。

「大哥！我媳婦她變大又變小了！我要退婚！」

「……」

——你的原則呢？

——說好你未來的王妃最可愛呢？這就接受不了了？果然小小孩兒的愛情不可靠。

秋珏靜靜的看著和明尖叫一陣。等他吼破了嗓子，秋珏才軟軟開口：「別叫了，你大哥聽不見。」

和明覺得……生無可戀。

第七章 這條三生線 壓力山大

「妳……妳到底練了什麼妖法？」和明後退幾步，一臉震驚的看著秋玨，顯然這件事對他打擊不輕。

秋玨看著和明，思緒飛動，心裡突然有了主意。她上前幾步說：「和明，我需要你。」

「啊？」和明呼吸一緊，白皙的小臉浮現一抹紅暈，「那個、就算妳這樣說，但……」怎麼辦，萌萌真的超級可愛，他完全把持不住！

可一想到她變大的那副身體，和明便陷入了糾結：長大的萌萌雖然也是自己喜歡的樣子，可現在自己還小，實在對這種忘年戀沒什麼興趣啊！

想著，和明又看了秋玨一眼，再對上她那粉雕玉琢般的小臉時，他的臉蛋刷的紅了：不行，萌萌實在太可愛了。

就在和明進行天人交戰時，秋玨再次開口：「我需要你把我帶回浮玉宮。」

和明蹙著好看的眉，正在考慮是否要和秋玨在一起，至於她說什麼是一句也沒有聽清。

「喂。」秋玨踢了踢和明的小腿肚子，「跟你說話呢！看在我們同學一場的分上，你就幫幫我吧。」

「帶妳回浮玉宮？」和明咬了咬手指頭，「可以是可以，不過……浮玉宮的弟子好像不怎麼歡迎我們龍族，他們都在門上貼了狗和龍族不能進入，我要是送妳去了，多沒面子。」

小孩子要什麼面子！

「你帶我從後門繞進去，到時候放我下來，不用你進去。」

「那沒問題。」和明點點頭，突然一把握住了秋玨肉呼呼的小手，雙眸滿是堅定的看向了秋玨，「我想好了，萌萌，不管妳變成什麼樣子，妳都是我的萌萌。我還是願意讓妳做我的王妃。」

秋玨：「……」

告白完的和明有些不好意思，他搖身一變，幻成了一條青色的小龍。和明用龍鬚蹭了蹭秋玨的小臉，將自己的身體扭成一個心形，接著示意秋玨坐上來。

秋玨的內心有些複雜，雖然這小龍崽子願意幫她了，可心裡一點都不開心是怎麼回事？如果不是情況緊急，她真寧願一個人迷失在人生旅途中。

秋玨騎上和明，只聽一聲龍吟，青龍便駕雲騰空飛去。

這可是萌萌第一次騎他，好開心啊！

似乎為了表現自己，和明一路上的速度飛快。只見玄青色的小龍穿過雲層，越過山巒，所到之地只留下一道青色的殘影。

如今正是小孩軀體的秋玨承受不了如此激烈的飛行，不由得低頭緊緊貼上了他的身體，然而這個舉動讓和明更開心了，只聽長長一聲啼叫，速度越發快了。

就在和明帶著秋玨空中飛行時，一散仙剛好經過，這散仙正是那日的逍遙仙人，他瞇眼瞧了瞧，再定睛一看，最後掏出玄光鏡拍下了和明載著秋玨飛行的畫面。

【逍遙仙人：這可是龍族的和明和浮玉仙尊的閨女？】

附送剛拍到的畫面。

【玄清上仙：沒錯，正是浮玉仙尊的寶貝閨女。也真是奇怪，她閨女不是犯事正在浮玉宮嗎？】

【韓雁上仙：莫不是龍族和浮玉正要聯姻了？】

【司幽上仙：開什麼玩笑，裴清仙尊很嫌棄龍族，怎會把自己的小寶貝交給龍族！】

【常羲上仙：不對啊，前些天玄空尊者剛帶著一眾神仙去鬧事，現在裴清仙尊怎麼會放任自家閨女亂走？】

上仙們在仙友圈裡嘰嘰喳喳一陣討論。而好奇的逍遙仙人跟上了兩個小孩身後，可接下來發生的一切讓逍遙仙人驚呆了。

剛越過不俊山，只見三道驚雷突然從天而降，穩穩當當如數砸落在小青龍和青龍背上的秋玨身上，目睹此畫面的逍遙仙人一個咯登——

這可是天雷啊！他們兩個修為不足的小孩兒怎麼能承受得住天雷！

逍遙仙人想也沒想的衝過去，施法接住了從空中墜下的青龍和秋玨，然而在接住他們的瞬間，逍遙仙人懵了。

只見那「裴萌」的身體以肉眼可見的速度變大，五官逐漸長開，模樣正是……正是女魔頭的樣子！

逍遙仙人有些眩暈，逍遙仙人承受不來，逍遙仙人覺得自己老眼昏花了。

當下他就發仙友圈。

【逍遙仙人：大事不妙！！女魔頭秋玨假扮裴萌，要脅龍族小王子，如今遭遇天雷，掉

CHAPTER 第七章

在了不俊山，求眾仙救援！】

附送拍攝的畫面一張。

那些上仙本以為是逍遙仙人的玩笑，可在看到畫面時都齊齊驚呆了，想也沒想的騰雲駕霧用最快的速度向不俊山飛來。

在等救援的工夫，逍遙仙人急得團團轉，首先他就是個散仙，修為肯定不足，若是這女魔頭醒來，絕對會喀嚓了他！於是逍遙仙人抓耳撓腮想了想，暫時用咒法帶著秋玨與和明下去，又用禁錮術將被劈暈的秋玨禁錮在了一棵樹下。做完這一切後，逍遙仙人連連後退幾步不敢靠近了。

一刻鐘後，仙界眾仙從四面八方湧來，齊齊聚集在了不俊山下，在看到秋玨後，彼此默契的倒吸一口涼氣——沒錯！這正是那女魔頭沒有錯！

竟然能在仙界看到活著的女魔頭，這簡直是大新聞啊！於是一群仙人紛紛拿出玄光鏡，對著秋玨一陣猛拍，直到玄空尊者趕來，這群仙才匆匆忙忙收起自己手上的東西。

其中一仙一本正經看著玄空尊者說：「尊者，我們抓到女魔頭了，你說要如何處置？」

一仙應和：「我看就關在鎖魂塔吧。如今鎖魂塔內的妖魔日漸強大，假以時日，鎖魂塔將不攻自破，正是要一個強大靈魂鎮壓的時候。」

又有一仙說：「若不……問問裴清？」

他們討論得熱烈，而人群中間的玄空尊者卻未說一句話。望著被禁錮的秋玨，他眸光微微沉了沉，隨後轉眸看向逍遙仙人，問：「你說裴萌突然變成了女魔頭的樣子？」

「是！」逍遙仙人激動道：「女魔頭一定是綁架了裴萌，而後再利用和明對裴萌的心意潛伏到仙界，簡直就是好心機啊！不愧是女魔頭！」

這套理論成功說服了眾仙，大家對此又是一陣熱烈的討論和譴責。

玄空尊者太陽穴狠狠跳了跳，當下怒吼出聲：「屁！你們還不明白嗎？裴萌就是秋玨，秋玨就是裴萌，她之所以能變成小孩兒，不過是遭遇了天劫！你們是修仙修傻了嗎？」

呃……他們還真是……修仙修傻了。

玄空尊者看著昏迷的秋玨，他就說有些地方不對，就說裴清的態度總是如此奇怪，現在想想，一切也都說通了。首先裴萌是憑空出現的，其次她的表現一點都不像一個孩子，再者結合先前發生的事……

秋玨就是裴萌沒有錯！

此時遭受了三道天雷的秋玨也已醒了，她迷迷糊糊睜開眼眸，入眼的是被捆住的自己，再抬頭，看到的是一眾仙人。秋玨晃了晃腦袋，驚訝的發現自己的修為如數回來了，然而驚雷劈得太猛，筋脈受損，怕是無法運功。

見秋玨掙開眼睛，那群飽受秋玨折磨的仙人們齊刷刷後退幾步。

見此，玄空尊者眉頭狠狠跳了跳：這群沒出息的……

「大膽魔頭，妳竟膽敢混入到仙界中，妳有何居心！」

玄空尊者的這一嗓子讓秋玨徹底清醒了。她抬眸看了看玄空尊者，又看了看身受重傷的自己和那邊昏迷不醒的小青龍，現在事態明瞭，他們人多勢眾，自己也不是對手。

CHAPTER

第七章

秋玨突然淡定了，輕咳一聲，語氣虛弱卻透著傲然：「呦，各位好興致啊。都過來這裡是要為我開宴會嗎？」

開宴會？這女魔頭簡直太不要臉了！

「呸！鬼才給妳開宴會！」

「哦？」秋玨挑眉，又說：「那眾仙是來為玄空尊者的弟子報仇的嗎？你們仙界還真是團結一心呢。」

「當然不是。」榮成上仙往前一步，指著秋玨說道：「除了玄空尊者，我還要為了那毀滅的仙池和妳算帳！」

秋玨嗤笑一聲：「你一個大男人，整日守著那小小的池水，不覺得荒廢時光嗎？世間那麼大，你應該去看看，我之所以那麼做是為了你好啊。」然而這神仙竟然不領她的情，真是讓魔難過。

榮成呼吸一窒，怒道：「我不需要妳的好意！」

又一上仙站了出來，「妳殺了我的神寵。」

說起這個，秋玨火氣就來了，「你那叫什麼神寵？屁大點一隻螞蟻，你自己不看好讓牠跑到我腳下，死了怪我咯？」

「是啊是啊。」其他上仙不禁應和，「太清上仙，我早說那隻螞蟻早晚會死，這真怨不得人家，我們要講道理……」

太清上仙：「……」

「妳上次還燒了我的鬍子！」

秋玨：「法力太強，不小心漏出一點，那屬於失誤。」

「妳還偷了我的衣服讓我被一個放牛的老女人侵犯，這又怎麼說？」

秋玨理所當然道：「仿效牛郎織女，我看你孤苦伶仃，憐憫與你。不用謝。」

某上仙：不用謝妳個頭！

說來說去，都是雞毛蒜皮的小事，秋玨掏了掏耳朵，問：「我好像也沒做什麼吧？我們打個商量，你們讓我回魔界，從此我們魔族再也不找你們不痛快，怎麼樣？」

「信妳就有鬼了！」眾仙齊齊說道：「女魔頭，受死吧！」

受死？她好歹也是一界之主，怎麼可能會死？這些上仙竟然真的以為他們能贏她？

秋玨冷笑一聲，她一揮衣袖，憑空出現無數黑煙。

這些黑煙嗆得人眼睛發熱、喉嚨發燙，上仙們被這突如其來的一招弄懵了。

咳嗽聲四起，同時伴隨著抱怨聲。

「誰摸我屁股！」

「誰扯老夫的鬍子！」

「看不見了！咦？我的褲子呢！」

「我的褲子也不見了！」

「聽說這不俊山有一種專門偷人衣服的神獸……」

「不會吧……住手啊！」

CHAPTER

第七章

「等等！女魔頭呢？」

「她遭遇天雷，還被我禁錮術捆住了，放心吧，跑不了！」

「不好了！女魔頭跑了！」

——呵，就你們這智商，仙界能保留也是神奇。

秋玨已跑出了不俊山，她騰雲駕霧在上空，略顯嘲諷的看著下方。脣邊的笑還沒來得及收斂，便咳出一大口血來。

「可惡！」

秋玨暗罵一聲，用手指抹去嘴角的血跡。她低頭看著自己，身上的衣衫早就破敗不已，鮮血從傷口和七竅中不斷流出。她咳嗽著，雖然暫且逃出來了，可是……

氣力終究用盡，眼皮像是灌了鉛般沉沉的垂下，她的身體如飛鳥般向下墜落，眼見要墜落到山峰上，忽地閃過一道頎長的身影，將她穩穩的摟在了懷裡。

視線中是一片虛幻的光影，秋玨瞇著眼，隱隱約約看到一道熟悉的影子，她不確定的叫出了那個名字：「裴清？」

抱著她的手忽然收緊，還沒聽他開口說話，秋玨便陷入沉沉的昏睡之中。

裴清坐在腓腓身上，手上緊攬著秋玨，他往她身體裡渡了口仙氣，小心的環抱著她。他看著秋玨的眼神愛憐無比，感受到她那已恢復的法力，他在鬆了口氣的同時又有些落寞。

「啾——」腓腓突然長啼一聲，示意裴清向身後看去。

此時玄空尊者已帶著一眾上仙追了過來，裴清眸光微沉，躍下腓腓的後背，大手輕輕拍了拍腓腓的翅膀。

「送她離開。」

腓腓啼叫一聲，托著秋玨拍打著翅膀飛向上空。

等腓腓帶著秋玨一走，那群神仙也趕到了。

他們眼睜睜看著煮熟的女魔頭飛了，心裡的氣悶和難過可不是說說而已的。

眾仙還沒有緩過神，全都瞪大眼睛愣愣的看著眼前的男子。片刻，玄空尊者踱步走來，開口：「裴清，又是你！你果真擅自窩藏魔頭！」

玄空尊者橫眉怒目瞪著裴清，眼神陰狠嗜血，似是要將裴清整個人撕裂一般。

四周瀰漫著詭異的氣息，眾上仙怎麼也想不到裴清竟然會和女魔頭有一腿，雖然這話有些難聽，可明眼人都能看出來裴清是故意將秋玨放走的，這若不是有情，那就是沒腦子。

「裴清仙尊……」榮成上仙對裴清較為敬仰，現在只想要為他開脫，「一定是那女魔頭為難你了吧？也是——」

結果他話沒說完，裴清就直接打斷，語氣中滿是堅定：「不，是我故意放走的。」

眾仙倒吸一口涼氣，這裴清竟然掙扎都不掙扎，解釋都不解釋，直接乾乾脆脆、大大方方的承認了。

玄空尊者白著一張臉問：「你……你可知你是什麼身分？」

裴清蹙眉說：「放走她，和我的身分有什麼關係？」

玄空尊者的神色頓時沉了，「那魔頭十惡不赦，你明明是浮玉仙尊，卻怠忽職守，放那

CHAPTER

第七章

女魔頭離開，你是想讓那魔頭繼續危害人間？」

「罷了。」

就在兩者僵持之際，突然從遠處傳來一道中氣十足的聲音，雖未見其人，可眾仙已經感受到了來者那滿是壓迫的不俗之氣。

是崑崙老祖。

他緩緩向這邊接近，氣沉丹田：「事已至此，便是命數。各位莫要強求，都請回吧。」

「可……」

「我的錯我會擔著。」裴清聲線清淺，他環視一圈，臉上無喜無悲，「我甘願前往鎖魂塔，以自身神力鎮壓妖魂，永生永世。」

他說著，口氣平靜的像是一件無關自己的事。

氣氛像是凝固般，陷入了死寂般的沉默。

崑崙老祖的雙眸直勾勾望著裴清，似是要探破他內心所想。半晌，崑崙老祖幽幽的嘆了一口氣，叫出了他的名字：「裴清……」

「我欠她的。」喉結滾動，裴清微微攥緊了拳，「我還。」

不管如何，靈秋因他而死，因他成魔，因他陷入水深火熱的境地。他愛她是真，想護她是真，想和她在一起也是真。但是裴清沒忘記自己的身分，他謹遵師父教誨，將浮玉發揚光大，不讓它走向破滅；如今，他承諾過的已經完成，他已了無遺憾……

若還有遺憾，那只能是秋玨。

秋玨是他的永世情劫，既然他渡不過這個劫難，就讓它伴著他到永生永世好了。

「還請成全我。」裴清對著崑崙老祖，深深作揖。

眾仙已被震撼到說不出話了，這裴清是要……甘願赴死？

「我去意已決，這算是對我的懲罰，我無怨無悔。」

四周一片寂靜，就連玄空尊者都陷入了沉默。最後，眾仙齊齊將眼神落到了崑崙老祖身上。崑崙老祖閉目沉思，片刻，嘆了口氣，望向裴清的眼神滿是無奈。

「那就如你所願，裴清，你可不要後悔。」

裴清抬頭衝他一笑，墨染的眉眼中是如釋重負，是放下所有的輕鬆。

「無悔。」

這是他的責任，本就沒什麼好後悔的。鎖魂塔早晚會失守，早晚需要一個強大的靈魂去鎮壓，他是浮玉仙尊，他以一己之私放了秋玨，如今自然要承受本屬於自己的命運。

若有遺憾，也只是他沒能好好的再看她一眼，叫她一聲萌萌……

※⊙※⊙※⊙※

裴清有三天的時間交付後事。

此時的浮玉宮已經入了冬。磅礴的大雪毫無預兆降臨到浮玉山，頃刻間，整個江山成了雪染的畫卷。

CHAPTER

第七章

「子霽，此後，我便將浮玉託付與你。」裴清將手上那玄青色的浮玉令牌放到了子霽手中。他環視一圈，子玥正被子旻抱著，大眼通紅，看著他欲言又止。

裴清脣畔泛出淡淡笑意，他說：「子玥，聽師兄的話。」

瞬間子玥的眼淚奪眶而出，他小手緊摟著子旻的脖頸，「我不要……不要師尊走……」子玥無父無母，打從來到浮玉宮的第一天起，他就將這裡當成了他的家，將裴清當成了他的父親。子玥年幼，無法禁受離別之苦。

裴清曉得小徒弟敏感愛哭，但他不會心軟，他知道小徒弟早晚會長大，會明白一切。

「我走了，你們不必送我。」

裴清攥緊藏在袖口的手，轉身，身影在風雪中踽踽而行，直至消失。

雪下得大了，他的黑髮染上了冰霜。裴清伸出手，自袖間掏出一塊帕子，上面稚嫩的繡著「裴清」二字。

「……妳若真的只是裴萌，該多好。」

過去，師父告訴他，若是靈秋不死，死的會是更多無辜的人；崑崙尊者告訴他，靈秋要是不除，他早晚自食惡果。

然而這惡果……

他甘之如飴。

※⊙※⊙※⊙※

當初被裴清送走的秋玨還躺在腓腓後背上沉睡著，此時已過了三天三夜，腓腓聽話的將秋玨帶出了仙界，然而可憐的腓腓並不知道去魔界的路，也不知到底哪裡是安全的地方，於是拍著翅膀一直飛著。

就算腓腓是神獸，如今不吃不喝飛了三天也累了。牠俯衝向山下，找了片山清水秀的地方停下，而後將秋玨放在樹下，自己拍著翅膀去找水和食物。

腓腓剛走沒多久，兩個人就出現在秋玨所在之地。為首的男子一身紫衫，長髮披散，眉眼是高貴的模樣；跟在他身邊的女子身材妖嬈，五官竟和秋玨有幾分相似。

「這種劇情簡直就像是我之前寫的那種狗血本子啊。」阿桃晃著手上的桃花扇，視線瞥過白麟的側臉。

「殿下，教主她沒死吧？」

「沒死。」白麟在秋玨面前蹲下，修長的手指搭在了她脈搏上，「不過也快了。」

這女人許是經歷了天雷，不然不會五臟俱損。

「那我們把教主送還給魔族，還是帶去妖族？」

白麟抿脣，淡淡道：「自從她消失後，魔界不甚太平。魔教的亂子正私下挑起戰爭，若她這個時候回去，他們看她傷痕累累，一定不會放過這次機會。」

阿桃也這麼覺得，不過他們家的王啊……似乎有些太擔心教主大人了吧？難不成是她想多了？

CHAPTER

第七章

不過也是巧，他們難得出來逛逛，結果一出來就撞上了傷痕累累的秋玨。

白麟沒看阿桃，彎腰將秋玨抱起，視線不由得瞥到了她的小指上。只見秋玨的小拇指纏繞著一條紅線，那根紅線彎彎繞繞，與他相連。

三生線，牽定三生。她只要出現，白麟就會知道。

白麟斂目，手放在秋玨胸口，將自己的真氣源源不斷的輸送過去。

一旁的阿桃見此大驚，趕忙上前阻止：「殿下，你不可這般魯莽！」

「閉嘴。」白麟淡淡道，氣勢駭人。

阿桃臉色瞬變，聲中滿是急切：「殿下，你體內的喚魂正在反噬你，我怕……」

白麟抬眸看她，墨色的瞳孔中滿是暗湧的殺意，「阿桃，不要再讓我說第二次。」

白麟已有不耐，阿桃就算心急，此時也不敢多嘴。

隨著真氣入侵體內，秋玨原本脆弱的生命開始延續。她動了動手指，緩緩睜開眼睛，映入眼簾的，是白麟那張溫潤清俊的臉頰。秋玨大驚，剛張嘴準備說話，卻不由得咳嗽出聲。

「安分點。」白麟說：「若要活命，就乖乖別動。」

說著，白麟召喚出自己那輛馬車，抱著秋玨坐了進去。

身上已有了力氣，秋玨一個激靈從白麟身上跳了起來，她撩開簾子向窗外看去，一眼認出這是靠近妖界的上空山。

「你要帶我回妖族？」秋玨的聲音略顯虛弱，聽起來氣若游絲，如同將死之人。

「嗯哼。」

「放我下去。」秋玨放下簾子，面無表情的看向白麟，「謝謝你救了我，今日之恩日後一定會報。」

「我現在就要妳報恩。」

秋玨愣了片刻，瞪大明豔的雙眸，「啥？」

「我說……」白麟身子前傾，修長的手指輕輕挑了挑秋玨的下巴，他笑了，看起來有些不羈，「我現在就要妳報恩。」

也好，免得拖到以後再和他糾纏。秋玨冷著一張臉揮開他的手，「說吧，你要什麼，我都給你。」

「都給我？」

「都給你。」

白麟臉上的笑意更濃，一字一頓道：「我要妳。」

——我要妳。

秋玨以為自己聽錯了，她掏了掏耳朵，「啥？你再說一次。」

「我說我要妳。」他當真又說了一次，字字清晰。

秋玨已經懵了，這是什麼情況？她沒說過以身相許啊？雖然白麟模樣長得不錯，可他真的不是她喜歡的類型，白麟是在玩她吧？很好，這小子是她有生以來敢這樣開她玩笑的人。

秋玨有些惱怒，臉上卻沒有表現出來。再往前走，過了橋，就要進入妖族的地盤了。秋玨懶得搭理白麟，起身就準備從馬車上跳下去。

「不准走。」白麟一把拉住了秋玨的手腕，他用力一扯，秋玨便穩穩當當的墜落到了白麟懷裡。

白麟死死抱著秋玨，眸中帶著秋玨看不懂的固執。

白麟瞥向一旁目瞪口呆的阿桃，「阿桃，現在離目的地也不遠了，妳走著回去吧。」

阿桃：「……啊？！」

憑什麼又要她走著回去！不公平！同樣是胸大貌美的異性，他們家殿下為啥總是這樣對待她！

阿桃有小情緒了，阿桃委屈難過心裡苦。

「我要做少兒不宜的事了。」白麟淺笑，「下去吧。」

他彈了彈手指，在阿桃還沒有反應過來時便被一陣巨大的衝力撞出了馬車。於是乎，胸大貌美的阿桃一屁股跌在了馬車外面的水坑裡。

阿桃眨眨眼，對著車屁股露出了個中指。

「什麼……什麼少兒不宜？」秋玨聽得一臉懵傻，她從白麟懷裡掙脫，後退幾步一臉警惕的看著白麟，「我和你說，雖然我有傷在身，但我也不怕你，你不要太得寸進尺。」

白麟長睫微顫，聲音清淺：「靈秋，我只是在拿我應得的。」

秋玨愣了。應得的？不對，他到底怎麼知道她的身分的？

「看妳的手指。」

「手指？」

秋玨抬起爪子，驚了。她手指上何時有這條紅線的？

白麟攤開手掌，露出與她相纏的那條線，「看到了嗎？這叫三生線，這條線牽前世、今生、來世。我是妳的有緣人，妳必須和我在一起。」

秋玨已經完全懵了。她蹙眉道：「不行，我又不認識你，幹嘛和你在一起？」

「我認識妳。」白麟湊上前，看著她的目光專注至極，「靈秋，妳要和我在一起，妳必須和我在一起。」

白麟曾拚了命也沒能救得了她，得到的只是靈秋那冷冰冰的屍體。他發誓，只要找到靈秋，就會護她安穩，再不會讓她被人欺凌。

白麟滿是專注道：「如今我來找妳兌現我的諾言了。」

秋玨一副苦瓜臉，這種深情的話語由這人說出，她總覺得好微妙啊……可是看對方的樣子，他似乎不會善罷甘休。

秋玨對白麟是真的沒有印象，難不成這是前世所認識的？但就算是前世認識，現世的秋玨也不記得了，畢竟她唯一能記得的只有裴清。

——沒辦法了……

秋玨挺胸抬頭，輕咳一聲，道：「我和裴清睡過了。」

白麟愣了一會兒，說：「我不在乎。」

「……」

「那我要是有寶寶了呢？」

CHAPTER

第七章

白麟這次回答的更快：「我養。」

「他要是想找他爹呢？」

「我就是他爹！」

——有病吧這人！腦子有坑進水吧？當養父還這麼開心！

秋玨覺得有些累，她緩緩躺在塌上，衝白麟揮了揮手，「我有點難受，你先讓我躺一會兒。」在白麟要開口前，秋玨立刻抑制他：「你別說話！讓我靜靜。」

秋玨打了個哈欠，懨懨欲睡。她閉上眼睛，卻未放下心中警惕。

白麟小心翼翼的爬到秋玨面前，他雙手環膝，下巴抵在膝蓋上，眼睛眨也不眨的看著秋玨。如果讓阿桃看到他如今這般少女的坐姿，一定會笑翻。

「靈秋……」

光是看著她，他心裡就生出莫大的滿足。

她的一句話，就媲美滿天繁星；她的笑，更是勝過世間所有陳酒。

少年時期，他與靈秋相識。

靈秋活潑好動，總是會想一些奇思妙想的點子。那時的白麟年紀小，卻滿是戾氣。因為身分差距，就算靈秋來找他，他也避之不及。可每次靈秋總會在他們第一次相見的小樹林等著他，不管颳風還是下雪，不管他到底來不來，她都日復一日，不知疲倦的瞪著他。

靈秋會和他討論很多事，大多時候討論的都是浮玉宮的師兄弟們有多討厭、師父有多過分、那些弟子多看不起她，但更多時候討論的是裴清。三句話不離裴清，每次說起，她臉上都是滿滿的幸福。

原來真的有一個人，沒見過，光聽他的名字就讓人心生嫉妒和厭惡。

他討厭裴清、嫉妒裴清、憎恨裴清。而白麟清楚的知道，心向光明的靈秋……注定不會和他在一起。

直到後來，靈秋被她所愛之人殺死。

為了救靈秋，白麟偷偷習得魔教禁術喚魂咒，喚魂咒能讓死人起死回神，同時禁咒那強大的反噬能力會使習咒之人痛不欲生，甚至走火入魔，變得殘暴嗜血，逐漸失去人性。

正因如此，白麟被教主趕出門派，讓他永遠不要踏足魔族之地。

可他晚了一步，他沒能救活靈秋，靈秋的魂魄先他一步入了輪迴鏡。而年少的白麟，徒留傷痛留在世間，忍受著喚魂咒對他的反噬……

還好，現在他找到秋珏了，一切都不晚。

白麟小心的碰了碰秋珏的睫毛，笑得像是個孩子。這輩子……他會好好保護她的。

傍晚，等白麟帶著秋珏回宮，妖界眾妖都傻了。

這是什麼情況？

一天不見，他們家的王怎麼就拐回一個女人來？仔細看，這女人也是意外的眼熟啊！

「秋……秋珏！」

有妖認出了秋珏，當下立刻掏出武器對準她，隨時準備發動攻擊。其他妖一看，也不明所以將武器對準了秋玨。一時之間，劍拔弩張。

秋玨挑眉，淡然道：「這就是你們妖界的待客之道？」

白麟聽後，神色凜然，語氣也帶了些許威嚴：「放下武器，這是你們的王妃。」

「嗯，我是你們的王……」

鬼的王妃啊！秋玨眉頭狠狠的跳了跳，將警告的眼神落到了白麟身上，「少年，說話注意點，我不是你王妃。」

白麟神色認真，改口道：「你們未來的王妃。」

秋玨：「……」

「原來是王妃啊，早說嘛。」

「雖然對魔族沒什麼好感，但我們還是遵從王的旨意。」

「王妃，我們真是太失禮了，請妳不要在意。」

「是啊是啊，我們都是畜生變的，妳也知道畜生沒什麼腦子，千萬不要在意。」

秋玨：「……」

她現在開始懷疑了，妖界到底是怎麼發揚光大的？就這智商，簡直和仙界的那些古董們半斤八兩啊！

「累了吧？妳傷還沒好，去我那裡休息吧。」說著，白麟動作溫柔的攙扶住秋玨。

秋玨趕忙躲開，「別，我明天就走。」

白麟淡淡笑了一下，「著什麼急，妳就不怕那群上仙找到妳？就算妳再厲害，一拳難敵四手，不如先在我這裡待上幾日，大家也都不介意。」

其他妖聽後，上道的應和道：「對對對，我們不介意。」

「一點也不介意，留一輩子也沒關係。」

「說的沒錯，現在我們就去籌備婚事。」

所以她沒說過要和白麟成婚啊！

心好累，還有些想吐。秋玨捂嘴，竟然真的乾嘔出聲。

白麟眸光微沉，在秋玨沒反應過來的時候，他一把將秋玨打橫抱起。圍觀群眾見後，紛紛發出了噓聲。

秋玨不由得愣怔，回神開始掙扎，「你幹嘛？我自己走。」

「妳不知道路。」

「我可以跟在你身後。」

「我想抱妳。」

他說，語氣滿是理所當然。

秋玨有些頭痛，也懶得反抗，任由白麟抱著。

「所以你還沒告訴我，你到底是誰？」

白麟抿唇，沉默著沒有開口說話。

到達白麟所在的寢宮，妖僕們見王帶了個女人回來，什麼都沒說，聰明的將白麟寢宮旁的院子收拾了出來。

CHAPTER

第七章

妖界的天空滿布著濃稠的化不開的血色迷霧，它們飄浮在上空，遮擋住血紅色的月亮。白麟的寢宮更是陰暗，最奇怪的是，寢宮四周布著雙層結界，讓人無法踏足。

白麟抱著秋玨進屋，將她小心翼翼的放在床上，緊接著半蹲下身子就要為她脫去鞋子。

秋玨不禁倒吸一口涼氣，彎腰一把拉住了白麟的手腕，「這個我自己來。」

白麟看她一眼，那眼深邃，秋玨不由得鬆開拉著他的手。白麟為秋玨脫去鞋子，又將被子展開，這才靜靜站在了旁邊。

「妳睡一下。」

看著周邊陌生的環境，秋玨不確定的問道：「你不走嗎？」

白麟喉結滾動，轉身離開，輕輕帶上了門。

房內已完全靜下了，秋玨入定，可心卻怎麼都靜不下來。也不知道裴清怎麼樣了……

當時裴清命令腓腓將她送走，在送走時她分明看見玄空尊者帶人趕了過來，裴清作為浮玉仙尊，窩藏魔頭可是重罪，若是被罰……怕也是比一般人嚴重些。

想著，秋玨心中狠狠一跳，她睜開眼，莫名有些慌。

秋玨不是傻子，早就看出那群上仙在彈劾裴清，如今他們看到裴清救了她，他們會不會乘機除掉裴清？

心中思緒百轉，秋玨躺在床上，緩緩閉上了眼睛。

「教主，我能進去嗎？」

這個聲音是阿桃。

反正睡不著，一個人也會胡思亂想，不如找個人陪著自己，於是秋玨說：「進來吧。」

門被推開，流光傾洩而入，阿桃端著一碗湯進門。

她上前，將湯遞了過來，「這是殿下特意讓我給妳熬的。」

看著那碗黑乎乎的東西，秋玨面露嫌棄，身子往後縮了縮，「這是什麼？」

「安胎……」阿桃眼珠子轉了轉，「安神藥！」

她剛是不是聽到……安胎了？

秋玨默不作聲拒絕了阿桃的好意：「不必麻煩，請妳轉告白麟，我想明日離開。」

如今修為回來了，一晚上也足夠她休養的。她心中掛念裴清，想著找到腓腓，讓腓腓再帶自己回浮玉宮。現在出了此事，裴清那位置也坐不安穩了，她要問問裴清，問問他願不願意和自己走。

阿桃鼓鼓腮幫，「那好吧……不過說起來，教主，我之前看過一個姑娘，和妳真的好像啊。」

不巧，要說的是那個大晚上光著身子到處跑的人的話，那就是她。

阿桃衝她笑了一下，臉上露出兩個酒窩，「那我出去了，教主妳好好休息。對了，我還給妳準備了兩身衣服，就在桌上放著。」

「好。」

目送阿桃離開，秋玨起身小心翼翼扒在窗前往外看了看，記住阿桃離開的路線後，她轉身褪去身上破舊、沾滿血的衣裙，換上了那身紅衣。

CHAPTER

第七章

傷口雖沒癒合完全，但託白麟的福，已沒什麼大礙了。換好衣服，秋玨開門走了出去。說來也奇怪，白麟所居住的地方比裴清那裡還要僻靜，寢宮內無花無木，寸草不生。四處縈繞著一種莫名的死寂之氣。

秋玨走在小徑上，忽然她聽到從左邊傳來一陣劇烈的打擊聲，同時還伴隨著男人痛苦的嘶吼。

秋玨腳步不由得頓住，朝著聲音來源望去。

——這聲音好像是……白麟？

鬼使神差，秋玨轉身向那頭走去。

越往那方向走，聲音越大，巨響震得地面微顫，最後秋玨在一座黑色的閣樓前停下，聲音是從裡面傳來的，她很確定。

「白……」

話未說完，一雙手從後伸來，捂住了秋玨的嘴巴。

秋玨扭頭看去，是阿桃。

阿桃瞪著一雙眼，衝她比了個噤聲的手勢。秋玨點點頭，阿桃這才將手鬆開。

「教主，妳不在房間，怎麼出來了？」阿桃朝四處張望幾眼，小聲問道。

「我聽到聲音，想出來看看。」

阿桃緊張兮兮說：「我之前忘記告訴妳了，這裡妳不能來的。」

「為什麼？」秋玨困惑道。這地方這麼偏僻，看起來普普通通，也沒什麼寶貝，為什麼不能過來？

「因為……」阿桃欲言又止，拉著秋珏走回去她的屋子，眼見四下無人，她這才湊到秋珏耳邊，低低開口道：「這裡很危險，平日除了妖王外，其他人都禁止過來的。」

說完，那座黑色閣樓又傳來一陣嘶吼。

秋珏身子不由得顫了下，眸光不自覺的追隨過去。

「殿下也是可憐。」阿桃絮叨著，眸中沾染了些許憐憫，「多年前，殿下為了救人習得禁術，而後被趕出魔界，如今禁術一直反噬著殿下的生命，若不是我發現殿下，殿下可能已死在外面了……」

「禁術？」秋珏吶吶道：「什麼禁術？」

「喚魂咒，這是魔教的術法。這術法幾乎是用自己的命去換另一個人的命……救活了是死，救不活也是死。怎麼樣傷害的都是妖王。可惜，到頭來還是只有他一人，獨受其苦。」

阿桃心憐白麟，縱使是一界之王，可依舊孤孤單單。即使他說著嫌棄，阿桃也沒想離開白麟。

秋珏有些愕然，張張嘴，沒發出聲音。

喉嚨間突然有些乾澀，心裡也很不是滋味。秋珏閉閉眼，黑暗中她隱約看到一道影子，穿著破舊麻衣的少年盤腿坐在樹下，用專注的眼神看著她……

接著，她聽到耳邊傳來悠遠的聲音。

「靈秋，妳不要死……」

CHAPTER

第七章

「等我，等我救妳……」

「靈秋，醒醒……」

聲音越來越大，一些記憶緩緩浮現在腦海中。

「教主？」阿桃推開房門後轉身發現秋玨還愣在原地，她上前伸手推了推秋玨，神色困惑的問道：「教主，妳怎麼了？」

「我沒事。」秋玨擺擺手，眼神空洞，深色恍惚。

她是不是忘記什麼了？

前世她能記得的事唯有裴清，其他不重要的已全部化成空白，有些記憶倒是有印象，但僅僅是有印象。

阿桃說白麟為了救人習得喚魂咒，那麼那個人……會是她嗎？這也很好的解釋了白麟為什麼認識她。上一世的白麟喜歡靈秋，所以……要拚了命的救她。

喚魂咒的可怕秋玨是知道的，它之所以是禁術，就是因為害人害己，習得咒法之人可能會走火入魔，魔力傾洩後那人會失去控制，四處殘殺。

白麟……當真為了她這樣做了嗎？

此時，秋玨心裡突然狠狠跳了一下。她伸手撫向胸口，心彷彿失控般跳得厲害。

站在一旁的阿桃小心翼翼的瞄了秋玨一眼，心想：這……這不會是孕期反應吧？

她趕緊拉著秋玨進到屋裡坐下，問：「教主，妳想吃酸的嗎？」

秋玨搖頭。

「甜的呢？」

秋玨又搖頭。

「酸甜酸甜的呢？」

這話怎麼越來越不對味了。秋玨蹙眉，仰頭看向阿桃，「妳幹嘛問這些奇怪的問題？」

阿桃乾巴巴的笑了幾聲，眼神四處飄忽，最後目光在一處停下，她脣邊扯了一抹笑，樂顛顛的向剛進門的白麟跑去，「殿下，你出來了！」

秋玨後背一僵，扭頭看去，立刻對上了白麟蒼白的臉頰和黑夜般的眸。

白麟淡淡錯開視線，與阿桃低語著：「她怎麼樣？」

阿桃眼珠子轉轉，說：「教主好像還不知道自己懷孕……殿下，冒昧的問一句，孩子是你的？還是你要當養父了？」

白麟：「……」就算他想當養父，可人家連機會都不給，心塞塞。

收斂情緒，白麟看了秋玨一眼，又和阿桃說：「妳先出去吧，我和她有話要說。」

「瞭解瞭解。」阿桃後退幾步帶上門時又說：「殿下，你可別失控弄傷教主大人啊。」

「噗——！」秋玨噴了。這孩子說話怎麼沒輕沒重的！

第八章
這種極致無悔的愛

白麟正專注的注視著秋玨，秋玨被看得不自在，輕咳一聲移開視線，只聽耳邊傳來他的聲音。

「靈秋……不，秋玨，我的心意沒有改變。」

……果真是痴情一片，然而……秋玨對他真的沒興趣。

她嘆氣，仰頭看向白麟，道：「你和我的事我差不多摸清楚了。我不管我們倆上一世有什麼恩恩怨怨、兒女情長，我只想告訴你，我不喜歡你。」秋玨加重語氣，「還有，我準備回浮玉宮。」

「找裴清？」白麟挑眉，語氣忽地嘲諷起來，「妳可知裴清已不是浮玉仙尊？他放下身分，甘願進入鎖魂塔，以自身神力鎮壓妖魂，算下來，現在已經去天山了。」

——已經去天山了……

白麟的話像是當頭一棒，敲得秋玨暈暈乎乎。秋玨身子瞬間僵住，一股寒氣從腳底緩緩升起蔓延全身。

她側目，白麟笑著，烏黑的瞳孔中倒映出秋玨蒼白、寫滿茫然的神情。

「他如果真的在意妳哪怕一點，就不會拋棄妳離開這世間。」

此時白麟說什麼她也聽不見了，心中所念的只有裴清一個人。

她咬了咬下脣，呆呆的說：「他在圓錯。」

上一世要進鎖魂塔的本就是靈秋，可裴清違背師命，逆天而行，執意將她放走，還讓她入了魔道。裴清是想讓一切歸於原點，自己做錯的事，自己彌補。

「我要回去。」說著，秋玨站了起來。

她要回去，她必須回去，明明誤會都解開了，她也都將一切放下了，她想問的問題還沒問，怎能讓他一人去承受一切。

然而就在此時，白麟倏地攥住了秋玨的手腕，秋玨心中一驚，扭頭對上了白麟那紅似火的眼眸。

「我說——不、准、走。」

他攥得緊，不給秋玨絲毫掙脫的機會。秋玨緊皺眉頭，手骨像是要裂開般的生疼。

此時白麟看她的眼神讓人心驚，之前的他一直維持著溫文爾雅的形象，現在看來倒像是失去理智，癲狂的妖怪。

秋玨深吸一口氣，語氣堅定：「白麟，我要去找裴清。」

「他會傷害妳。」

「他不會傷害我。」

白麟動了動唇，血紅的雙眸泛著嗜血的幽光，漸漸的，理智被吞噬。

「啪」的一聲，白麟一把將她推開，雙手支撐在一旁的圓桌上。白麟呼吸急促，眼中的一切都看得不太真切，他死死扯著桌布，手背上青筋暴起。

「滾……」

秋玨咬咬下唇，乾澀的兩個字從喉間發出：「白麟……」

「我讓妳滾！」

一個杯子從他手上飛出，在空中劃過一道弧線後墜落到了秋玨腳邊，只聽一聲清脆的響動，杯子碎成四分五裂。

秋玨漆黑的雙眸看向白麟，他背影孤寂，肩膀微微顫抖。腦海中有一閃而過的畫面，秋玨再一眨眼，一切都陷入了空洞。

她沒說話，轉身離開。

腳步聲越來越遠，直至消失。

白麟喉間發出痛苦的嗚咽，身子緩緩下滑，眼前的血腥氣濃，身體如同被一隻手撕裂般的疼，那疼痛如同浪潮，一波高過一波。

白麟牙關緊咬，顫著手指撿起地上的杯子碎片狠狠割向了自己的手腕，鮮血瞬間湧出，那豔紅的顏色就是罌粟，刺激著白麟消失殆盡的理智……

在外面聽到動靜的阿桃趕忙進屋，在看到一地狼藉和白麟時，阿桃的臉色刷的變了。

「殿下，你怎麼了？」阿桃急忙想要扶起白麟，可在接觸到白麟的眼神時，她的腳步瞬間頓住。

「她走了嗎？」

阿桃一愣，急忙回答：「教主剛走了……殿下，我現在就去追。」

「不必了。」白麟訥訥道：「不必了……」

「可是……」

白麟悶哼一聲，克制著內心想要殘殺的欲望，「出去，別讓任何人接近這裡。」

阿桃知道白麟體內的喚魂咒在不斷的反噬著他，她不瞭解那有多痛苦，可光聽到他的吼叫，就知道那不是一般人能承受得來的。阿桃嗚咽一聲，眼淚一下子出來了，「殿下你……你何必呢？我們把一切告訴教主好不好？教主面冷心熱，她不會放任不管……」

思緒恍惚著，白麟用自己的妖力強壓著體內的喚魂煞氣，看著阿桃被淚水沾染的臉頰，他苦笑出聲：「阿桃，我不用她管。我想讓她真心實意的和我在一起，而不是出於報答、出於愧疚。其實忘了也好……」看著手上的傷口和不斷滲透出來的血跡，白麟說：「要是讓她發現我變成這個樣子，她該多難過……」

靈秋眼裡的白麟是一個翩翩少年郎，而不是……而不是現在這個人不人、鬼不鬼，殘忍無比的妖。

阿桃哭得更凶：「殿下！你……你真以為自己是話本上的苦情男配角啊！我不要……不要殿下死！」

「快點滾出去。」白麟往她丟去了一塊碎片，「我還沒死呢。」

阿桃抽了抽鼻子，也不敢忤逆。被煞氣吞噬的白麟將比之前的他強大百倍，別說一個阿桃，就算來一百個阿桃，也能輕輕鬆鬆被他搞死。阿桃抹了一把眼淚，退出了房間。

妖界殘陽似血，站在門外的阿桃哭得一把鼻涕一把淚，聽著從屋子裡面傳出來的白麟的慘叫，阿桃心揪一樣的疼。

——明明殿下才是最應該得到愛和保護的那一個，為何偏生……

阿桃攥緊手指。不行，她必須要讓教主得知一切！

想著，阿桃起身追了上去。

此時秋玨剛走沒多遠，一出妖界就被追來的阿桃叫住。

「教主，暫且留步！」

秋玨看了她一眼，不予理會，只是加快了步伐。

「教主，我不攔妳，只求妳和我去蒼耳山，通天鏡處……」阿桃氣喘吁吁的攔在秋玨面前，看著秋玨的眼神滿是固執。

秋玨與阿桃僵持著，見她沒有讓步的意思，最後嘆了口氣，無奈點頭。

通天鏡位於蒼耳山深處，這面藍色的鏡子可以看前世今生。

此時站在鏡子前的秋玨莫名緊張，望著鏡面上的自己，她深吸一口氣將手放在藍色的鏡子上，當手指觸碰上之時，鏡子自手心處滉漾開淺淺的波紋，接著，前生過往的畫面均一一出現。

她與裴清相識在那座螢火之森裡，年幼的女孩兒見他容貌精緻，便也跟著他一同入了浮玉宮，而後無憂無慮，過得美滿。緊接著靈秋結識一位少年，少年沒有名字，她便替他取名為白麟……

畫面如同畫卷般一幅一幅從秋玨眼前劃過。她看到前世自己的笑臉，看到自己與裴清相擁的畫面，最後看到白麟為救自己而習得喚魂咒，為救自己獨闖浮玉宮，為救自己變得人不人、鬼不鬼……一切太過殘酷，讓她不忍再多看一眼。

秋玨緩緩將手放下，旁邊的阿桃剛要開口，秋玨就說話了。

「阿桃，照顧好你們殿下……」

「教主……」

「我的宿命是裴清，不是白麟。」

她之所以變小被裴清撿到，很可能是命定讓她知曉一切真相。如今裴清前去送死，她不能不管。

阿桃明白自己勸不住秋玨，揉了揉通紅的眼眶後，什麼也不說的轉身離開。

可憐了他們家殿下……還真成了書裡的悲情男配角，唉。

※⊙※⊙※⊙※

鎖魂塔位於天山頂部，周遭均設有結界，一般修為淺的很難進入。

今夜子時就是裴清進入鎖魂塔的時辰。秋玨飛行速度極快，就在她著急前往天山之時，忽聽後面傳來一陣長啼，緊接著是翅膀拍打的聲音，秋玨還沒反應過來，就被從後面飛來的生物叼起摔到了後背上。

秋玨一愣，定睛看去，竟發現生物是腓腓。

當時腓腓見秋玨不在，著急壞了，四處尋找卻沒發現秋玨的身影，反而遇見了正下山的子旻，當子旻告知裴清要被送往鎖魂塔時，腓腓想也沒想的就向天山趕來。

牠想見主人，迫切的想要見主人，如果主人不在了，就再也沒人給牠小魚乾吃了。

想著，腓腓朝天一陣哀鳴。

秋珏從驚愕中回神，她想來明白了腓腓的意思，輕輕拍了拍牠的頭，說：「好吧，雖然我挺怕你的，但現在我們是友軍了，我們一起去救裴清！」

腓腓回應一聲，飛得越發快了。

就在此時，秋珏忽見前面山頭被烏雲遮擋，黑雲翻滾，雷聲陣陣，隱約可見黑色龍尾漸隱在雲層之中，縹縹緲緲，看不真切。

是帝舜神君。

秋珏咬了咬牙，現在遇上帝舜絕對是大大的不妙，先不說她能不能打得過帝舜，就算打得過，她也會耗費氣力，得不償失。

「啾咪……」

「繼續往前。」秋珏心思翻轉，好歹帝舜也是裴清的好友，她這次是去救裴清出來，帝舜是個明事理的，應該不會阻攔。

秋珏心裡打著鼓，不知不覺已與帝舜碰面了。

龍形態的帝舜相當威嚴，那雙燦色的雙眸看了讓人心生涼意，秋珏瞇了瞇眼，一動不動與帝舜僵持著。

片刻，帝舜恢復人形態。

他先是盯著秋珏看了一會兒，接著又盯著腓腓看了一會兒，最後再皺了皺眉，這才開口說：「女……魔頭？」

秋玨：「……」

帝舜這臉盲是八成沒得救了。

「我要去救裴清，你別攔我！」

「不巧，裴清早就料到妳會衝動行事，讓我早早來這裡等著妳。」帝舜語氣淡淡，隨後脣邊扯了一抹笑，他看著秋玨，說：「沒想到妳還真來了。」

裴老賊還真是愛多管閒事。

秋玨在心裡將裴清狠狠唾了一口，再看向帝舜，神色平靜道：「你與裴清相識多年，就真的忍心看他去死？」

「生死由命，有什麼忍心不忍心的。」

帝舜說得風輕雲淡，臉上也寫滿了不在乎。秋玨呼吸一窒，她就知道這個死臉盲龍不是什麼好東西。秋玨哼了一聲，沒搭理帝舜，準備繞過他離開。

然而就在此時，帝舜又說：「不過我要是被魔界教主挾持就不一樣了。」

秋玨神色愕然，不由得扭頭看向帝舜。

帝舜對她淺笑，「妳懂的……我若是貿然前去，事後那群老骨頭都過來，我吃不消。」

帝舜有救人的心思，可又怕仙界上仙去他那裡鬧，思來想去，決定稍稍利用一下秋玨。

此刻秋玨也明白了帝舜打的算盤，她不由得被氣笑了，無奈的搖了搖頭，「好，那被我挾持的帝舜神君，請你快一點。」

帝舜挑眉，身子一轉，化作巨龍跟在了秋玨身後。

就在帝舜和秋玨趕來之時，那邊的裴清已準備進入鎖魂塔。

他盤腿坐在靜室裡，身旁的燭光搖曳，周邊滿是寂靜。

裴清一頭長髮散落，雪白的衣袍罩著他清瘦的身影。他睜開眼，緩緩從榻上站了起來，伸手將門推開，傾洩而入的月光映照在他身上，越顯清冷。

「浮玉仙尊。」兩邊站著的都是天山弟子，見裴清出門，全部低頭恭恭敬敬問好。

眼前是長長的階梯，這階梯連接著鎖魂塔，裴清眸光落向遠方，提步上前。

第一階。

裴清想起了那過於悠久的記憶，記憶裡的靈秋還是一個稚童，衣著髒兮兮的衝著他笑。

第二階。

她偷偷跑來他的房間，甚是苦惱的拉起了本還在熟睡的他，問：「我們以後的孩子叫什麼名字呀？裴清，你喜歡男孩還是女孩？」

他回答：「女孩。」

女孩安靜，不鬧騰。

第三階。

裴清知曉今後自己再也無法和她有任何牽連。若她真的是裴萌該多好？他就能看著她長大，看著她成家，看著她無憂無慮過著屬於自己的人生……不過這也是他的痴念罷了。

CHAPTER

第八章

第四階。

從此以後，他們兩人真的再也無法相見……

裴清走過階梯，已到了鎖魂塔門前。

小童將門小心的打開，隨後安安靜靜的退到了一邊。

天山長老讓開一小步，朝他伸出了手，「浮玉仙尊，請吧。」

裴清朝後看了一眼，夜是不見盡頭的夜，他再也等不到黎明了。裴清不由得攥緊拳頭，深吸一口氣，提步走進了鎖魂塔，身後的大門緩緩的將要閉闔。

然而就在此時，後面突然傳來一陣乒乒乓乓的打鬥聲，同時還伴隨著一道熟悉的聲音。

「裴清你這個死不要臉的！就這樣丟下我去送死嗎？！」

這嗓子吼得驚鳥飛起，裴清立刻扭頭看去，人群中她紅衣如火，精緻的臉龐依舊是他記憶裡的樣子。

裴清心中一動，呢喃出了她的名字：「秋玨。」

秋玨和帝舜聯手可謂是所向披靡，天山的人根本攔不住他們。秋玨的目光穿過人群，在看到裴清時，眼睛立刻亮了。

秋玨滿是欣喜喊道：「裴清，你站那裡別動啊！」

裴清默然。她這鬧騰的樣子倒是和變小時差不多。

看著眼前一片混亂，裴清心中突然湧出些許無力，看樣子他今天是沒辦法好好送死了。

就在裴清猶豫是過去和秋玨說說話，還是直接進入鎖魂塔的時候，玄空尊者帶著其他眾仙一併趕到了。

「給我攔住他們，別讓他們接近鎖魂塔！」

「帝舜神君，難不成你要和魔教狼狽為奸，與我們整個仙界作對嗎？！」玄空尊者攔在帝舜面前，質問出聲。

帝舜挑眉，瞥向秋玨，「沒看出來嗎？我是被綁架來的。」

綁架……

此話一出，所有人都沉默了。

眾仙：鬼才相信你是被綁架來的！分明是故意為之！

「既然如此，那麼就看看你們能不能衝破我們的萬仙陣！」

帝舜眸光微沉，伸手將秋玨護在身後，湊到秋玨耳邊說：「我來護著妳，妳去救裴清。隨後從天山後門離開，那裡有和明接應，他會帶你們走。」

當時和明與秋玨一起遭遇雷劫，她本掛念和明，如今聽帝舜這樣說，想來和明是沒什麼事了。秋玨點點頭，看著前方的目光堅定許多。

眾仙很快布好萬仙陣法，秋玨和帝舜二人被圍在陣法中央，他們沒有退路更不能前進。就在此時，帝舜轉身化作巨龍，只聽一聲龍吟，帝舜托著秋玨飛向上空，上空的眾仙見此，齊齊握劍向二人衝去。帝舜微瞇眼眸，一個神龍擺尾，立刻放倒大半眾仙，接著張嘴噴出一團火焰，燒得前方的仙人們連連跳腳。

仙界平和慣了，這幫老骨頭平時的日常就是溜溜鳥、玩玩牌，萬仙陣厲害那也是以前厲害，現在的他們……都只是一副花架子啊！

「該死的帝舜神君，你燒了我的鬍子！我不玩了！」被燒的神仙抱怨一句，眼看帝舜又要衝來，趕忙躲開。其他老骨頭見此，也連忙後退。

帝舜載著秋玨成功破開一個包圍圈，藉此機會，秋玨起身向裴清飛去。然而攔在身後的上仙知曉了秋玨的意圖，他們放棄與帝舜糾纏，轉而圍剿秋玨，只見數道咒法從四面八方向秋玨攻去，秋玨躲閃不及，如數承受。

只聽一陣沉悶的聲響，秋玨的身體重重的摔在了地上。

裴清瞳孔一縮，攥緊拳頭就要往外衝，可為時已晚，眼前的鎖魂塔大門已完全合攏，將他和外界徹底分離。

秋玨趴在地上，呆呆的看著那緊緊閉攏的血紅色結界門，她張了張嘴，聲線喑啞：「裴清……」

眼前的一切有些看不真切，當時在通天鏡裡所看到的畫面突然浮現在秋玨腦海。那時裴清將她的魂魄丟入輪迴鏡，輪迴鏡外的裴清看著她逐漸消失的身影，那時他的眼神是無奈，是被命運所征服的痛苦。

如今都反過來了，她成了當日的裴清，目送著他離開……

身體的疼痛突然在此時如數爆發，秋玨咳嗽幾聲，緩緩從地上爬了起來，同時，銳利的劍刃指向了她。

「當初我就知道妳不是什麼省油的燈，現在看來，果然如此……」

——這個聲音是……

秋玨抬頭看去，果然是白虎書院的無虛真人。

「當時得知妳的身分，老夫真是一點都不驚訝。」裴清剛被關，裴萌是魔女的消息便傳遍了整個仙界，並且引起一陣波瀾。畢竟是那麼可愛又有天分的小姑娘，他們還想著培養裴萌長大，日後好對付秋玨呢。誰知道她就是秋玨！這臉可真是打得啪啪響。

「作為妳的師長，就讓我送妳最後一程。」說著，他手上的劍就向秋玨刺去。

秋玨咬緊下唇，閉著眼睛準備承受，可突然間，一顆石子從遠處飛來，叮的一聲打在了劍刃上，劍刃瞬間偏離，刺了個空。

「別碰她。」

青年聲線朗朗，不算高大的身子將秋玨牢牢護在身後。當眾仙看到這張臉時，周遭陷入了詭異的沉默。

秋玨刷的睜開眼，眸中滿是愕然：白麟……白麟怎麼會出現在這裡？

擋在她前面的白麟臉色蒼白，瞳仁閃爍著微微的紅光。

「妖王白麟……」

「白麟怎麼會出現在這裡？」

「白麟有些不對勁……」

他周身圍繞著一股濃重的死氣，血紅色的眸中滿是戾氣和暗湧的殺意。白麟環視一圈，似笑非笑道：「你們這群老不死的，就會聯合起來欺負一個小姑娘。」

——小姑娘？

眾仙將視線落在了秋玨身上，眼神莫名。

秋玨有些臊，她好歹是活了千年的老妖怪，還真不是什麼小姑娘。

白麟轉首將視線落在天山尊者身上，薄脣輕啟：「把裴清放出來。」

「不可能！」不管白麟是什麼時候過來的，可以確定的是他就是來惹事的，天山尊者說道：「鎖魂塔只能進不能出，就算裴清有萬年修為，也無力回天了。」

「是嗎……」白麟抬眸，眼前的鎖魂塔高聳入雲，塔身四周纏綁著鎖魂鏈，時不時從塔內傳出的妖魂嘶吼令鏈子一陣晃蕩，而鎖魂塔最上端繪有壓制妖氣的符印，可此刻，那符印已經淡了。

白麟勾了勾脣，突然說：「既然如此，我把它拆了吧。」

此話一出，一片譁然。

「你在開玩笑嗎？那裡不僅關押著極惡的妖魂，還埋著上古妖獸的魂魄，如若將它們放出來，這個世間會變得寸草不生，生靈塗炭！」

「世間怎樣與我何干？」白麟接話，神色狂妄，「我只知道裴清死了她會難過，我曾發誓過……此生此世，都不會讓她痛苦。」

——此生此世，都不會讓她痛苦……

聽著這話，秋玨身子突然一抖，她看向白麟，眸底是濃濃的錯愕。

感受到秋玨的矚目，眼前的男子扭頭朝她露出笑容，笑容是初見時的乾淨美好。

白麟張嘴，聲音喑啞無力：「靈秋，我說過，妳要什麼我都會給妳。哪怕天地不容……我也都會給妳。」

白麟笑著。在眾人視線中，他蒼白的皮膚開始變紅，表皮下的血管逐漸膨脹，外貌瞬間變得無比猙獰可怕。如今的白麟不再壓抑喚魂咒的煞氣，任由它們在體內肆虐，剝奪著他唯一僅存的理智。

秋玨意識到白麟將要做什麼，她張了張嘴，卻發不出一點聲音。

白麟站在中間，從他體內傾洩而出的強大煞氣瞬間吸食了低等修士的生命，而道行高的仙人還勉強撐住。白麟眸中泛著紅光，煞氣越沖越烈，嗜血的紅光與黑暗的氣息根本讓人無法接近，秋玨被衝擊到連連後退幾步，最後撲通一聲跌倒在地。

她瞇著眼睛，呆呆的看著白麟。

白麟周圍空無一人，只見無數煞氣聚集上空，最後直直沖向了鎖魂塔上方，那紅光染紅了整個天際，將大地蒙上一層血一樣的紅紗。眾仙手上一鬆，劍接二連三掉在了地上，他們呆呆的看著那衝破鎖魂塔的煞氣，卻無力阻止。

「砰——！」

突然一道白光從塔內衝出，與紅光相撞後發出劇烈的聲響，大地顫動，捆綁著鎖魂塔的鎖鏈搖晃，只聽喀嚓喀嚓幾聲，鎖鏈裂開無數縫隙，緊接著無數的妖魂從縫隙中穿透而出，飄在上空，整個夜空被妖氣籠罩，霧濛濛一片。

「完了……完了……全完了！」

「不，不好了……妖魂全部跑出來了！」

秋玨眨了一下眼，霧氣散盡，在盡頭站著一道頎長的身形。秋玨木然的顫了顫睫毛……她看到了裴清的身影，剛才的那道白光，應該就是裴清的所作所為。

秋玨呆呆的看著裴清，眼眶一紅，差點落下淚來。

「秋玨……」他動了動脣，清淺的聲音從遠處傳來。

秋玨笑了一下，眼淚奪眶而出。

妖魂爭先恐後的從鎖魂塔鑽出，往日秀麗的天山在此刻變成了人間煉獄，妖魂無實體，卻有著強大的邪惡力量，此時痛恨著神仙的它們肆意的在天山掠奪、破壞。

周遭充斥著驚恐的尖叫和爭鬥聲，眾仙也顧不上管秋玨這些人了，紛紛開始擒拿妖魂。

「這就是你們做的好事！」

無虛真人憤憤的看了過來，現在出來的都是小妖，等一會兒上古妖魂的魂魄出來，別說仙界，怕是其他五界也都會被妖魂吞噬。

殺星在世，殘害人間。這話果真不假。

「靈秋……」

耳邊突然響起一道虛弱的聲音，秋玨來回巡視著，最後對上了人群中白麟的眼。

此時面目全非的白麟衝她笑著：「靈秋，叫一聲我的名字。」

秋玨看著那源源不斷從鎖魂塔湧出的妖魂，攥緊拳頭，像是打定什麼主意一樣衝到白麟面前，一把扯住了白麟的手，著急道：「現在裴清出來了，我們快點走吧，免得一會兒妖魂全都出來，誰也跑不了。」

「靈秋……」白麟閉了閉眼，聲音有些無力，「求妳，叫我的名字……」

白麟呼吸急促，眉眼間盡是難以掩去的痛楚。

秋玨顫了顫嘴唇，喉間發出兩個乾澀的音調：「白麟……」

耳邊是廝殺聲和慘叫聲，她的聲音宛如清泉，在這一刻讓一切都靜了下來。白麟抿脣笑笑，突然捧住了秋玨的臉頰，在秋玨愣怔之間，白麟那滾燙的脣印在了她的額頭。

「靈秋，我真的好想和妳在一起。」

這句話是飽含希望，卻也瀰漫著濃郁的絕望。

白麟沒有告訴她，從見到她的第一眼開始，他就想和她過一輩子。

然而……此生太短，有緣無分。

白麟刷的睜開眼，紅色的眸中是最後的堅決，在秋玨措不及防之間，她被推入了一個人懷裡——裴清緊緊護著她，白麟看向裴清，低吼一句：「帶她走！」

說完這句話，白麟扭頭向空中飛去。

不可思議的一幕出現了，那些原本跑出去肆虐的妖魂此時全向白麟的方向湧去，它們爭先恐後的進入白麟的身體。妖魂喜歡黑暗和血腥，比如煞氣，此時的白麟就是它們的宿主，是它們最好的潛藏之地。

如今的天山宛如定格一般，不管是上仙還是秋玨，都滿是震驚和震撼的看著飄浮在半空中的白麟。他們能想到那有多痛苦，無人能忍受被妖魂侵占的恐懼和身體的疼痛，然而白麟一聲不吭，咬牙忍耐著一切。

當最後一個妖魂進入，白麟睜開眼，看向了秋玨，「回家吧，靈秋……」

「太晚了。回家吧，靈秋。」

記憶中的少年總是這樣和她說。靈秋貪玩，每次都從宮中跑出來找他……

塵封的記憶在此刻甦醒，模糊……卻又清晰。

秋玨想要上前，卻被裴清拉了回去。

身為凡身的白麟無法容納那麼多的妖魂，當到達一定程度，迎接他的將會是死亡。白麟深知自己的宿命，閉了閉眼，扭頭飛向了鎖魂塔內。

白麟這一生只為靈秋一個人活過，她難過他會煩躁，她微笑他會開心，她茫然時他會不知所措，她死了……他也跟著死了。白麟知道她的心中容不下第二個人，可哪怕什麼都得不到，他也甘之如飴。他想讓她過得好，僅此罷了……

塔內，白麟看向了自己的小指。此時，被鎮壓的上古妖魂甦醒，它追尋著煞氣，衝向了白麟——

紅線斷了……

「砰——！」

巨大的爆炸聲從塔內傳來，血光沖天，待迷霧散盡，眼前已被夷為平地。

天山尊者咳嗽幾聲，呆呆道：「他用自己的身體封印了妖魂，與它們同歸於盡……」

「為……為什麼？」看著眼前的一切，秋玨雙腿發軟，眼淚無聲無息的從眼眶滑落，她聲音顫抖得厲害：「為什麼……」

明明……明明她都說不記得他了，明明都說前世與今世無關，明明都說……都說她不喜歡他了，可為什麼……為什麼要這樣做？

秋玨回神，一把扯住了裴清的衣袖，聲音無比沙啞：「我們去……去輪迴司，現在應該能趕得上，我們去……」

「秋玨。」裴清打斷她，「白麟魂飛魄散，就算妳去了輪迴司，也找不到他的魂魄。」

秋玨攥緊拳頭，她緊咬下脣，肩膀微微顫抖，「他不應該……這樣做。」

「裴清……」秋玨死死扯著裴清，「不應該……」

接下來的話還沒說完，秋玨雙腿一軟暈倒在了裴清懷裡。

※⊙※⊙※⊙※

再醒來時，已是身處一間茅草屋中。秋玨慢慢支撐起身體從床上坐起，她環視一圈，眼前的景象有些陌生。

耳邊想起一陣柔軟的叫聲，秋玨剛一回頭就被個白花花的生物撲了個滿懷，定睛一看，她差點尖叫出聲。

「腓……腓腓？」

「啾咪。」腓腓蹭了蹭秋玨的臉蛋，親暱得很。

雞皮疙瘩瞬間暴起，秋玨一把丟下腓腓，眼前再次浮現昏迷前最後的畫面，秋玨心中一個咯登，跌跌撞撞向門外衝去。

「裴清！」

這是一處座落在桃林深處的院落，入目的是高山流水，景色如畫，美不勝收。秋玨視線一轉，瞥到裴清正蹲在地上，手上正撫著一隻黑色的兔子。

「裴清……」秋玨跑過去，「白麟……」

裴清抱著兔子站起來，將兔子送到了秋玨手上，感受著從手上傳來的毛茸茸觸感，她尖叫一聲將兔子丟在了地上。

秋玨臉色刷白，「你……你幹嘛！不知道我害怕這個嗎？」

裴清看向兔子，說：「白麟魂魄散盡，肉體全毀，我只能聚集一小部分魂魄放入到這隻兔子身上，若是幸運，他定能在百年內重新修煉出肉體。」

秋玨愕然的看著地上那隻四處竄動的兔子，她細細感受著，竟真的察覺出有一絲白麟的氣息在裡面。

「秋玨。」身邊的裴清忽地握住了她的手，雙眸認真的看向她，「妳之前問我是不是喜歡妳，我的回答是……是的。」

裴清此生來世，所記所念的都唯有一人。

秋玨回握住裴清的手，目光落在兔子身上，「這裡挺好的，我看我們在這裡安家吧。」

「女魔頭不當了？」

「不當了。」

成魔不是本意，如今所求均已求得，她已再無念想。

風吹草動，碧空無雲，黑色的兔子正四處跑動著。

「你叫什麼？」

「不記得了。」

「那叫你白麟好了，麒麟乃是仁獸，象徵祥瑞。你又長得白，這名字最好不過。」

「……好。」

《這個魔頭有點萌02》完

番外一

這位稀珍的少年喲

「劈柴的，你怎麼又往外跑？」

「莫不是看上了哪家小姑娘？劈柴的，說說看啊，是不是看上了哪家小姑娘？」

被男人們圍在中間的少年乾瘦，身上的衣衫早已破舊不堪，他臉上沾著灰塵，鑲嵌在眼窩裡的一雙眼眸黝黑，泛著這個年紀沒有的深沉。

「劈柴的，你怎麼不說話啊？不知道魔教弟子不可隨意外出啊？」

對方伸手推了他一把，他抿唇，沒有作聲。

「算了算了，劈柴的你快走吧，記得早點回來，別讓教主發現了。」

他長睫微顫，點了點頭，一溜煙的扭頭跑開。

一路上他跑得飛快，在路過森林的河岸時，少年來到河邊，捧了一把清水洗淨了臉上的泥汙。少年生了一副好皮囊，膚色白皙，鼻梁高挺，翩翩如玉。

他沒有名字，有記憶起被一對老夫婦收養，二老一口一個兒子叫，也沒想到要幫他取名字；後來老夫婦遭土匪殺死，年幼的他再次無親無故；再後來，他陰差陽錯的入了魔教，成了後院的劈柴工，魔教的弟子便直接叫他「劈柴的」。

要說寂寞也寂寞，要說難過也難過，可他習慣了這樣的生活，只是偶爾想想，總覺得心中空落落的。

午時，少年來到一片桃花林。

這季節的桃花開得豔麗，放眼望去，整個山頭都布了一層蜜色的桃紅。在這桃林中央，少年看到了一個女子，女子穿著一身水綠色的衣裙，與這風景相映成輝，她抱著包裹，時不時扭頭張望著。

少年呆呆的看著她，隨後低頭看了看髒兮兮的自己，他咬咬下脣，扭頭便要離開。

「喂！你過來了啊。」

被發現了。少年撓撓頭，扭頭看向她，有些不好意思的「嗯」了一聲。

「過來啊。」她招呼著他。

女子長得美，眉眼間滿是風情。他心跳驟然加快，小心翼翼的走了過去。

「我還怕你不來了。對了，這是我帶來給你的衣裳，你穿上試試。」她說著，就要伸手扯他身上的衣服。

少年呼吸一窒，趕忙護著衣服後退幾步。

見此，她挑眉笑了出聲：「我對小屁孩沒什麼興趣啦，你躲什麼。」

少年臉上羞意更濃。眼前這個女子叫靈秋，是幾天前在這裡遇到的，比他大幾歲，可她長得小，性格滿是孩子氣，相比之下倒是他沉熟穩重些。

「好好好，你自己換，我不看你。」說著，靈秋背過了身子。

少年拿著衣服，小心的走到了樹後面。

「說起來你叫什麼？」

他換衣服的手一頓，說：「不記得了。」因為他壓根沒名字。

樹後傳來她清淺的聲音：「那你叫白麟好了，麒麟乃是仁獸，象徵祥瑞。你又長得白，這名字最好不過。」

——白麟……白麟……

「麟」通「靈」。

少年臉上一紅，低低的說了一聲「好」。

「你換好了嗎？出來我看看。」

「換好了。」說著，白麟走了出去。

陽光微暖，靈秋上下打量著他，這身青袍不大不小剛剛好，襯著他越發修長清瘦，氣質清貴。靈秋那毫不掩飾的視線讓白麟臉上發燙，他有些受不來這眼神，輕咳一聲移開目光。

「挺好看的，你缺什麼就和我說，我做給你。」

她眼神明亮，像是將整個星海都蘊藏其中。白麟看著，心中微動，一種從未有過的情緒開始滋生，緩緩蔓延到四肢百骸，讓他忽覺溫暖。

自此之後，白麟經常出現在這片桃花林中。他的話不多，每天來這裡，大部分時間都是看靈秋，聽靈秋絮絮叨叨的說話。以前的白麟無依無靠，無欲無求，覺得就那樣死了也無所謂；可現在的白麟突然間有了信仰，只要能看著靈秋，對他來說就是一種莫大的幸福。

也許他生來注定失去，得知靈秋死掉的消息時，白麟不管不顧的單槍匹馬衝去浮玉宮。

那天是冬日最嚴寒的一天，大雪紛紛，白色覆蓋整個山頭，白麟手握長劍，眼前是千軍萬馬，而他孤身一人。

「靈秋呢？」白麟抓住一個浮玉宮弟子，他赤紅著眼眶，整個人已失去了原本的冷靜。

「靈……靈秋？」對方完全沒想到會有魔教弟子大白天的闖入浮玉宮，更想不到對方還

CHAPTER

番外一

是為了靈秋。他瞪大眼睛看著白麟，眼前的說是人，倒不如說是鬼——癲狂，而沒有人氣。

「噗嗤——」

就在此時，四面八方的弟子向白麟攻來，那泛著銀光的利刃毫不留情的刺入他的身體，他穿著靈秋送給他的衣裳，那件青衣……

白麟低頭看著傷口，眉頭微微蹙起，「你們把它弄破了，靈秋會生氣的……」

她不喜歡看他髒兮兮的樣子，不喜歡看他身上有任何破損。

白麟牙關緊咬，他突破人群，像一頭蠻牛般衝了過去。

「殺了他！」

「慢著！」其中一個弟子突然開口，他揮了揮手，「讓他進去……」

「可是……」

「這是師兄的命令，讓他進去。」

弟子們面面相窺，最終讓開了一條通往蒼梧殿的路。

白麟所過之地，都有紅色的血痕。他推開眼前的那扇門，雪下得很大，一眼，白麟就看到了躺在樹下的靈秋。

這一刻，白麟有些眩暈。他晃了晃頭，扔下劍，費力的走了過去。

腳踩在雪地中發出咯吱咯吱的聲響，白麟搖搖晃晃上前，離得近了，他看清了她。靈秋的眼眸緊閉著，以往那泛著櫻粉的臉頰在此刻看來一片蒼白，白麟視線漸漸往下，她的胸膛正不斷往出滲著血。

眼眶溼潤，白麟跪倒在地上，他想將靈秋揹起來，可力氣像是全部流逝般，讓他沒辦法做這個簡單的動作。

「靈秋，我帶妳走。」

「堅持一會兒……就一會兒……」

白麟將她抱起來，他雙脣蠕動，聲音中透著些許絕望，「靈秋，妳等著……等我救妳。妳不是說想去魔教的萬刃谷嗎？等妳好了我就帶妳去……」

他抱著靈秋出了蒼梧殿，所有的弟子都圍了過來，他們沒有動手，反而讓開了一條路。

「靈秋，求妳……求妳別死。」白麟抱著她跌坐在地上，往日那沉穩冷漠的少年，在此刻哭得像是一個孩子。

突然，一雙手伸了過來，撫上了他的臉頰。

白麟一喜，握住了她冰涼的手，他抽了抽鼻子，低頭看著她，「靈秋，我帶妳走，好不好？我們離開這裡……好不好？」

她笑了。

她說：「你笑起來比較好看。」

大雪停了，陽光穿透層層烏雲鋪散而下，然而靈秋並沒有迎來暖陽，她微弱的心跳聲停止，她的眼眸閉下，她的胳膊垂落……

她離開了。

白麟突然平靜了，他默不作聲的揹起她，深一腳淺一腳的走出了浮玉宮，又帶著她穿過高山、穿過森林，偷偷摸摸的將她帶回了羅剎門的後院。

聽聞魔族有一個能讓人起死回生的法子，只要習得，就能救靈秋的性命。

為了靈秋，白麟已經失去了所有的理智。

他來到放有禁書的閣樓，找到喚魂咒。喚魂咒本是高級咒法，只有強大魔力的人才能習得。估計是自己的執念起了作用，在學習的過程中白麟沒有走火入魔，也沒有被咒法反噬。

——靈秋……我來救妳了。

白麟推開門，可推開門的瞬間，師兄弟的武器就對上了他。中間則站著魔教教主血剎。

「門中弟子白麟不服管教，私自習得門中咒法喚魂咒，還將浮玉宮弟子帶來魔教，以上行為均觸犯了門中門規，現在本座宣布，斷掉白麟靈根，將之驅逐出魔教！永生永世不可靠近魔族半步！」

白麟手指攥緊，他臉上無喜無悲的問道：「靈秋呢？」

血剎哼笑一聲：「你是在說你帶回的那個女孩兒嗎？就算你用喚魂咒也無力回天了，那個女孩兒的三魂七魄已入了輪迴鏡。來人！將白麟拿下。」

白麟本身已身負重傷，如今更不能對抗整個魔教弟子。

靈根被斷去後，白麟和靈秋的屍體被丟出了魔界。

許是喚魂咒的作用，雖然斷去靈根，但白麟並沒有死。白麟拖著殘缺的身體帶著靈秋緩緩爬到了一個山洞裡。此時正是夜晚，外面螢火飛舞，白麟看著那細微的光，他咬破自己的小指，輕輕勾上了靈秋的手指……

他救不活她了。

他清楚的知道。

「我們連了三生線，既然妳入了輪迴鏡……那麼……那麼我一定能找到妳，靈秋，妳等著……等著我去找妳。」

不管是三生還是三世，只要他活著，他就會去找她。

將靈秋的屍體埋葬，白麟緩緩躺在了地上。視線的最後，他似乎是看到了靈秋……

「傷得好重，你要是沒死，我就帶你回妖界吧。」

再後來，被阿桃帶回妖族的白麟整改妖界，成為一界之王。縱使有了權力和力量，白麟依然沒日沒夜的被喚魂咒的煞氣所吞噬著。

一日，白麟去人間閒晃，遇到一個名為靈秋的女子，靈秋有著和她一樣的名字，可性格截然不同，二人性格相投，於是白麟再次逗留幾日。然而，喚魂術開始反噬，怕傷害到女子的白麟便逃離此地……

五年後，白麟終於與她相見。

原來她一直在離他很近的地方，可是他卻不知曉。

「靈秋，我找到妳了。」

番外一《這位稀珍的少年喲》完

番外二

這些新生代的日常

遠離人世喧囂的世外桃源中，座落著一間清雅的竹院。

竹院之中正蹲著一個圓滾滾的女童，她梳著兩個包子頭，粉紅色的衣衫與身下的綠草形成鮮明的對比。此時，她胖乎乎的小手正戳著本在曬太陽的兔子。

那兔子全身漆黑，血紅的眼睛慵懶的睇著，不跑不鬧，任由女童玩弄著。

「咯吱。」面前的門開了。

女童仰頭看去，衝來人露出一個笑，「娘親。」

「說了多少次，不准這樣對他！」秋玨上前將蹲在地上被女兒折磨的兔子抱了起來，轉而放在一邊的軟墊上，「妳要把他當長輩一樣尊敬，明白嗎？」

女兒咬著手指頭，晃了晃腦袋問：「我為什麼要尊敬兔子？」

「再過些年就不是兔子了。」

那兔子的身體裡可是藏著白麟的魂魄。

當時白麟本就魂飛魄散了，秋玨卻執意要用自己全身的修為救白麟一命。怕她做傻事，裴清便出手相助，耗損自己半生修為，勉強將白麟散亂的魂魄聚集。可再怎麼做，白麟也不能恢復原本的樣子了，更不會再轉世投胎，沒法子，他們只能將白麟脆弱的魂魄放到一隻沒死多久的兔子身上，想著修煉修煉總能變回人形的。

秋玨如意算盤打得響，可都過了一百年，不想生孩子的秋玨連孩子都生了，這隻黑兔子也沒啥要變人形的意思，反而每天和她閨女玩得開心。

「再過些年就是兔子肉了嗎？」女兒吞了吞口水，「那我能吃嗎？」

秋玨忍無可忍，一拳揍在了女兒的腦袋上。早說了，她最討厭小孩兒。

女兒揉著腦袋，一癟嘴，眼淚便落了下來，「妳打我！我要告訴我爹！」

「告訴妳爹也沒用，妳爹又打不過我。」秋玨笑了。當初裴清損傷嚴重，如今的確是沒她厲害。

裴諾抽抽噎噎哭著，最後將黑兔子一抱，扭著屁股小跑出了院子。

「妳去哪裡？」

「離……離家出走。」

——呦呵，這才四歲就懂得離家出走了。

看著女兒消失在樹林中的小胖身體，秋玨略顯無奈的搖了搖頭，她準備回屋，可一轉身，就撞到了來人懷裡。對方將她摟得嚴實，下巴輕輕的在她髮頂蹭了蹭。

秋玨回神，伸手推了推裴清的胸膛，「你醒了？」

「嗯。」他聲線喑啞，頭頂陽光微暖，照在身上慵懶無比。裴清眯了眯眼，環視一圈，卻沒看到女兒的影子，「諾兒呢？」

「離家出走了。」

裴清挑眉，「妳打她了？」

秋玨哼了一聲：「不聽話，就應該揍。」

裴清聽後嘆了口氣，沒說什麼鬆開了秋玨，轉身就向外走去，「聽說最近有山妖作祟，她一個人在外面可別出事了。我去找找。」

一聽這話，秋玨心下也緊張起來。她女兒除了繼承到她和裴清的皮相外，其他優點可一點都沒有，像她自己四歲的時候已經能打翻一群大漢了，然而她女兒……只會變兩隻小蝴蝶玩，要是真遇山妖，估計一口就被吞了。

緊張的同時，秋玨又有些自責，早知道就不打女兒了，可女兒每次頂著一雙淚包眼望著她，她就手癢。

「我也去吧。」說著，秋玨跟在了裴清身後。

兩人所隱居的山林名為桃花山，桃花山下有一個村子名為桃花村，而他們的家就建在桃花山山中，這裡幽靜，沒有人煙，更不會有人打擾。當時天山一戰結束後，秋玨便將自己的教主之位傳給了天宗，而裴清早就厭倦了仙界的你爭我鬥，帶著腓腓和秋玨隱居此地。

此時正是暮春，山中的桃花開得豔麗。秋玨走在裴清身側，伸手與他十指相扣。裴清握緊她的手，放慢了腳步。

「我之前老夢到和你這樣一起走，可醒來卻發現自己一個人在宮殿中。」

裴清摘了朵花別在秋玨的髮絲中，「不是夢，這不再是夢。」

秋玨抿脣一笑，纏上了他的胳膊，「說的也是。」

「說起來我一直以為你會為女兒取名為裴萌呢。」

此話一出，裴清的臉色驟然變得怪異起來，他看了她一眼，說：「那會很奇怪……」

「啊？」秋玨愣了一會兒，立刻懂了，幸好沒叫裴萌……

當秋玨和裴清你儂我儂的時候，裴諾已經跑到了山腳下。她哭累了，想著歇一會兒再繼續哭。裴諾揉了揉眼睛，從一旁摘了幾顆野果，她將野果在身上擦乾淨，又送到兔子嘴邊。

「給。」

兔子看了她一眼，默不作聲的轉過了身子。

裴諾鼓了鼓腮幫，又轉到了兔子面前遞上野果，「給。」

兔子再次將屁股對準裴諾。

裴諾眨眨眼，便要自己吃，可在她剛送到嘴邊的時候，地上的兔子突然跳起來撞了一下她的手，裴諾手一哆嗦，果子便掉在地上。緊接著一頭小鹿過來吃了那顆果子，下一刻，那頭原本活蹦亂跳的小鹿便倒在地上，抽搐幾下後沒了生氣。

裴諾瞪大眼睛，一張精緻的小臉變得刷白刷白的。

兔子瞪了她一眼，優哉游哉的跑到一旁的河邊飲著水。

就在此時，兔子耳朵動了動，緊接著撒丫子跑到了裴諾身邊，扯著她的裙襬不斷往前拉著。裴諾一臉茫然的將兔子抱起，問：「你怎麼了？餓了嗎？」

裴諾環顧四周，接著從地上抓起一把草就往兔子嘴巴裡塞。兔子身子一僵，頓時懵了，開始不斷掙扎。

裴諾嘆了一口氣，「娘親說不准挑食……」

兔子：「……」

就在此時，兔子不動了，裴諾也不動了，只聽身後傳來一陣窸窸窣窣，緊接著似是野獸低沉的咆哮。裴諾扭頭看去，在看到身後那東西的時候，她瞬間驚住——

那東西通體雪白，額間印有紅色的像是花瓣一樣的印記，此時牠露著獠牙，燦金色的豎瞳中滿是殺氣。最重要的是，這野獸比十個裴諾都要大。

裴諾盯著看了一會兒，緊接著張大嘴巴，滿是見到新奇事物的驚訝：「哇～～～～」

——哇個鬼啊！妳倒是跑啊！

兔子急了，扯著裴諾的手指往後拉著。

緊接著裴諾又說了，聲音欣喜：「大喵咪～～～～」

「滾！我是山妖！」大喵咪說話了。

裴諾剛還興沖沖的小臉立刻耷拉下去，眼中含了兩團淚泡泡，「大喵咪……凶巴巴。」

剛還凶巴巴的山妖先是愣了一下，緊接著揮著爪子過來，「喂喂喂，妳別哭啊，我是大喵咪行了吧，妳別哭！」

「大喵咪不會說話！」

山妖：「好好好……我不說話……」

不對啊！他是出來覓食的，又不是來哄小孩的！

明白過來的山妖不管三七二十一就撲了過來，裴諾抱著兔子扭頭就跑，然而她那兩條小短腿肯定跑不快，沒兩步就撲通一聲摔倒在地上。

看著氣勢洶洶向她攻來的山妖，裴諾伸出手道：「看招！」

下一秒，一隻藍色的蝴蝶從掌心飛出，盤旋幾秒落在了山妖的鼻子上。

山妖：這波穩住，不能笑！

「哈哈哈哈哈哈哈哈哈哈，妳這小妮子小小年紀竟然懂得智取，不錯不錯……」此時在一邊吃草的兔子．麟．妖王有些看不下去了。

黑色兔子閉上眼睛，淺淺的白光將之包圍，緊接著一個黑衣少年浮現出來。他容貌極其精緻，垂眸看了淚汪汪的裴諾一眼，隨後將裴諾護在身後。

白麟伸出手，指尖散發著淺淺的幽光，他看著山妖，雙唇間輕輕吐出一個字：「滾。」

臥槽！兔子化形了！作為雪豹的牠都還不會化形啊！還有那眼神、那氣質……這波牠打不過啊！山妖慫了，扭頭就跑，聲音迴盪在山間：「你們給我等著，我會回來的！」

滋事者走了，白麟扭頭看著胖乎乎的小蘿莉。重塑魂魄的白麟幾乎忘記了前世的所有一切，不過眼前的裴諾可是他看著一點一點長大的。

白麟上前，伸手剛要抱起裴諾，就聽後面傳來了腳步聲，想必是她的父母來了。

白麟抿脣，重新化成黑色兔子，跳進了裴諾懷裡。

「諾兒……」

清冷的聲音在身後響起，裴諾扭頭看去，哇的一聲哭了：「爹爹！」

她向來人伸出雙臂，慘兮兮的求抱抱。

裴清的心頓時軟了，鬆開拉著秋玨的手，大步上前抱起了女兒，擦拭著她眼角的淚水，柔聲問道：「諾兒別哭，誰欺負妳了？」

秋玨看了看自己的手，又看了看那頭的裴清和女兒，撇撇嘴嘟囔一句：「小祖宗……」

「該回家了吧。」秋玨看著那邊正逗弄女兒的裴清，張嘴提示道。

裴清將糖果剝開塞到裴諾嘴裡，笑著應了聲。

「爹爹……兔兔變成人了。」

「不准撒謊，現在兔兔怎麼可能變成人。」

「不騙妳，娘親，兔兔真的變成人了……變成大哥哥了。」

「不准撒謊。」秋玨扯了扯她的臉蛋，「兔兔起碼要有兩百年才能變成人。」

裴諾的聲音染上了哭腔：「我沒……沒撒謊。」

「好好好，諾兒沒撒謊。」裴清拍開秋玨的手，「妳別欺負她。」

秋玨氣得踹了裴清一下，「我們再生個兒子吧，讓諾兒和他玩。」

「不要兒子。」裴清果斷拒絕，「要女兒。」

跟在後面的兔子扭頭看了一眼，緊接著加快步伐，跳到了秋玨的肩膀，又跳到了裴諾的懷裡。被裴清抱著的裴諾隱約看到有一抹白色的影子，她一笑，輕輕說了句「大貓咪」。

隱藏在樹後的假大喵咪真雪豹看著他們逐漸離開的身影，輕輕哼了聲，隨後轉身離開。

等著吧，牠早晚把這兩個小兔崽子都吞了！

番外二《這些新生代的日常》完

番外三

這個魔頭之女最萌

脈脈晨光穿過鏤空木窗揮灑房間，床上的女子翻了個身，繡花薄被順著動作下滑，她眉眼精緻，泛著淺淺柔光。晨光過暖，女子長睫顫了顫，緩緩睜開雙眸，她習慣性朝身邊的位置摸了把，摸到一團柔軟。她往身邊靠了靠，可猛然間她覺得有些不對勁。

——裴清……這麼軟？

秋玨刷的睜開眼眸，將身邊被子往旁一拉，在看到眼前身影時她沒忍住，尖叫出聲。

「你誰啊！裴清呢！」

這一嗓子瞬間驚醒了裴清，他皺皺眉，慢慢睜眼，打了個哈欠從床上坐起，湊上前剛想給秋玨一個吻，就發現有些地方不對勁。

——秋玨怎麼……變大了？

——不對！我怎麼突然變小了！

裴清低頭看著自己的身體，小胳膊小腿，白白嫩嫩，他又伸手在臉上摸了一把，眉頭緊緊皺起。

秋玨滿是愕然的問：「怎……怎麼回事？」

裴清垂眸，他現在的身體狀況應該是四歲的時候。裴清試著運氣，修為還在，不過有些紊亂，他閉了閉眼，心裡知曉為何變成這樣了。

「變成這般模樣，過些天就恢復了，無須擔心。」

秋玨上下打量著裴清，眼神是毫不掩飾的驚奇。

眼前的裴清個頭小小，柔順的髮絲散在肩上，因為年幼的關係，他那精緻的臉看起來像是粉雕玉琢的女孩，惹眼得很。秋玨吞嚥一口唾沫，沒忍住便熊撲過去，一把將裴清摟在懷裡，猛蹭幾下後開心道：「好可愛！」

裴清板著臉，任由秋玨揉捏著。

蹭著蹭著，秋玨發現情況有些不對，她定定看著裴清，問：「怎麼和女兒說？」

裴清後背一僵，顯然也想到這個問題。

他們的女兒裴諾無比崇拜自己的父親，若是讓裴諾看到自己的父親如今變成這般模樣，那麼他的形象一定是大打折扣的。

裴清長睫微顫，語調平穩，可聲音卻一片稚嫩：「不能讓裴諾知道。」

秋玨皺眉，伸手扯扯烏黑的髮絲，「可是……怎麼騙過去？」

裴清也蹙起眉頭，「就說我去閉關，她年幼，也不會懷疑。我這狀況最多持續七天，無須擔心。」

現在也只能這樣了。

秋玨瞥了眼裴清身上那不合適的衣服，掐了個咒為他換了身白底暗紋小袍。

換了身衣裳的裴清越發精緻可愛。秋玨強忍著撲上去揉兩把的欲望，看著裴清的眼神如狼似虎，「你……你沒和我說過你小時候這般可愛。」

看秋玨那半是委屈、半是責怪的樣子，裴清勾脣一笑，眸中盛滿光華，「也沒什麼好說的，再說，妳又沒問我。」

秋玨嘟嘟嘴，不開心的哼了一聲。

就在此時，門突然被撞開，身著粉紅色襦裙的裴諾邁著兩條胖乎乎的小短腿進來，她左右看看，將視線落在秋玨身上。

裴諾眼角彎彎，張開雙臂向秋玨跑來，嘴裡軟乎乎叫著：「娘親～」

秋玨彎腰接住裴諾，伸手將她抱上床榻，裴諾心滿意足在秋玨胸前蹭了蹭，仰頭望著秋玨問：「娘親，爹爹呢？」

坐在身邊毫無存在感的裴清眼角一抽，沒說話。

裴諾總算注意到還有一個人，她扭頭眼巴巴的瞅著裴清，兩人對視幾秒，相顧無言。

裴諾又望向裴清，眨眨眼問：「娘親，這是誰啊？」

——呃……這要怎麼回答？

就在秋玨想著如何應付女兒時，一邊的裴清開口了：「我昨天遇到危險，是秋玨……姨姨救了我。」

「姨姨」這個稱呼讓秋玨眼角一抽，半晌沒有說話。

小孩子單純，並未覺得不妥，更不會將眼前這個看起來和她差不多大的男孩聯繫到裴清身上。裴諾好奇的看著裴清，軟聲軟氣說：「我叫裴諾，諾是諾言的諾。你叫什麼啊？」

裴清說：「阿清。」

在深山裡的裴諾沒什麼同齡的朋友，此時看到變小的裴清自是興奮的，她掙脫秋玨的懷抱，爬到裴清身邊，歪頭打量著裴清，說：「阿清你長得真好看，像畫裡的人兒一樣。」

秋玨：「……」

裴清：「……」

心情複雜。

「那你要和諾兒去玩嗎？」裴諾拉起裴清的手，熱情邀請著。

裴清：「……」難道他閨女都沒有意識到她爹不見了嗎？

這時，裴諾才意識到有人不見了。

她左右看看，掀開被子往裡面張望著，又仰頭看上房梁，沒有找到自己想見的人，她的表情不似剛才那般輕鬆。她咬著唇，略顯難過的望向秋玨，「爹爹呢？」

裴清：「……」總算知道找爹爹了。

秋玨小心的瞥了眼身邊的裴清，揉揉裴諾髮絲，說：「爹爹去閉關了，要些日子才能回來，諾兒要乖乖的。」

裴諾沉思片刻，道：「那好吧，我乖乖的。」家裡秋玨是老大，裴清不在了，也沒人護著自己了，若不聽話，保不准秋玨會打她。

裴諾拉起裴清，樂顛顛的說：「走，我帶你去玩。」

裴清勾勾唇，跟著裴諾下床。

兩人差不多高，並肩一起，無比和諧。

看著他們離開的背影，秋玨深深嘆氣，心裡祈禱別鬧出什麼亂子來。

※⊙※⊙※⊙※

桃花源正迎來暮春，山林中的桃花盛開豔麗。

裴諾剛出門，蜷在門口的黑色兔子便睜開眼，往這邊看了眼後，兔子背過身子，懶洋洋的重新閉上眼眸。

「小黑。」裴諾上前將兔子抱起，臉頰輕輕蹭了蹭牠柔軟的皮毛，「我要出門了，小黑你要和我去嗎？」

兔子呼吸清淺，沒有搭理她。

裴諾捏了捏兔子的耳朵，稚聲稚氣說：「小黑你要多吃點，早日長成大兔子，然後……吸溜……」

裴清：「……」那個吸溜是什麼？愁死人了，他這傻女兒怎麼就知道吃。

裴諾放下兔子，轉身拉起裴清的手，「阿清，我帶你去山下的村子裡看戲，聽說村裡來了個皮影戲班子，可好看呢。」

裴清：「……」果真是傻閨女，不過……傻也可愛。

裴清伸手摸了摸裴諾的頭，寵溺一笑，跟上裴諾步伐。

他性子冷，有心陪著女兒，可女兒卻覺得無趣，不怎麼理會他，一些喜好也不樂意告訴他。其實變小了也挺好，起碼能拉近自己和女兒的距離。

這個季節正是山間美景燦爛之時，頭頂驕陽微暖，路邊的花兒開得正好。裴諾的個性隨了秋玨，不是安分的主，一路蹦蹦跳跳鬧騰得很。

番外三

「阿清……」

走在前面的裴諾突然轉身，將一朵摘下的紅色小花送到了裴清面前，「送你。」

花朵嬌豔，她笑得澄澈乾淨。

裴清的心瞬間軟了，接過花朵走在裴諾身邊。

低頭嗅了嗅花朵的香氣，裴清問出了自古以來父母都會問的問題：「諾兒最喜歡爹爹，還是娘親？」

問完了，裴清滿心期待的等著回答。

裴諾眨著眼睛認真的想了想，回答：「娘親。」

裴清一顆心瞬間碎了，他強忍難過，繼續問：「不喜歡爹爹嗎？」

「喜歡，可爹爹沒有娘親好看。」

裴清：「……」所以他閨女只是因為她娘親好看嗎？心碎。

就在此時，裴諾又輕聲開口：「爹爹看起來很厲害很堅強，就算諾兒少喜歡一點，爹爹也不會難過。可娘親是女孩子，我要多喜歡娘親，守在她身邊保護著她。」

這話天真，卻透著濃濃的真摯。

裴清心軟萬分，「那妳要快點長大變厲害，這樣就能保護娘親了。」

「嗯。」裴諾重重點頭，又看向裴清，「你的娘親和爹爹呢？」

「我沒有娘親和爹爹。」

此話一出，裴諾腳步頓住。小孩兒還不會收斂隱藏自己的情緒，看著眼前和自己差不多大、面無表情的裴清，裴諾驟然紅了眼眶。

她一把拉住裴清的手，哽咽出聲：「沒、沒關係，我爹爹和娘親都很好，等回去我和他們說一下，你和我們一起住，從此以後我的爹爹就是你的爹爹，我的娘親就是你的娘親！」

她眼神堅定，不似玩笑。

雖然女兒善良的樣子很可愛，但他實在不能給出回應，哪有自己當自己爹的，這不是亂套了嘛！

索性裴諾沒有多問，此時已抵達了山下，再走不遠就是桃花村。這個村子遠離塵世，裡面不過百十個人，寧靜卻也和諧。裴清偶爾下來，但不深入村民的生活中，裴諾倒是經常來的樣子，對這裡的一切都熟絡萬分。

晌午正是吃飯的時辰，家家戶戶點燃炊煙，煙霧上升，耳邊纏繞著鍋碗瓢盆碰撞之聲，煙火氣十足。

裴諾拉著裴清來到戲班子，白天正是戲班子休息之時，他們清理著手上的皮影，闖進來的兩個奶娃娃瞬間吸引了一眾老小的視線。

這兩個娃娃是真漂亮，粉雕玉琢的像是畫裡的假人兒一樣。

正在剪皮影的老頭抬眼看了過來，衝兩人友好一笑，「沒見過你們倆，外村的？」

裴諾剛要回答，裴清便搶先一步說：「我們是剛搬來的。」

老頭也沒多說，若有所思點點頭，低頭繼續幹著手上的活。

「你們不唱戲嗎？」

CHAPTER

番外三

老頭瞥了裴諾一眼，「你們來早了，要等晚上天都黑了才唱，那會兒人們都幹完了農活，再聽個小曲解解乏，一天就這麼過了。」

裴諾若有所思點頭，「那我等晚上再來。」

「好咧。」看著裴諾的背影，老頭想了想又叫住了裴諾：「小女娃，這個給妳。」

裴諾一轉身，一包蜜餞便飛入到她懷裡。

裴諾看著那包蜜餞，愣了一會兒，衝老頭甜甜笑了，「謝謝爺爺。」

「路上小心啊。」

裴諾抱著蜜餞帶著裴清離開，走出一段路之後，她掏出一把蜜餞塞到裴清的懷裡，「你也吃。」

望著懷中的蜜餞，裴清靜默。還記得秋玨因遇雷劫變小時，浮玉宮的弟子們總會用這甜品哄秋玨開心，就連他也不例外。

裴清不喜甜食，又不忍拒絕女兒好意，小心抿了一塊後，將剩下的重新放到裴諾手上的袋子裡。

晌午太陽大了，裴清伸手為裴諾擋著頭頂烈烈驕陽，環視一圈，瞥到路邊聳著棵粗壯茂盛的柳樹，柳葉翠綠，形成一片小小涼蔭。

裴清拉著裴諾過去，又褪去外衫鋪在地上，「諾兒坐。」

裴諾一邊嚼蜜餞、一邊看著裴清，「阿清。」

「嗯？」

「你和我爹好像哦。」

裴清身子一僵：能不像嗎？就是妳爹！

「坐，我去給妳找點吃的來。」

「我不餓。」裴諾坐下，屁股往一邊挪動，拍了拍身邊的位置，「阿清也坐。」

裴清想了想，坐在裴諾身邊。

午後寂靜，耳邊是春風拂動樹葉的沙沙聲，蟬在樹上鳴叫，輕輕的、淺淺的、富有節奏的。裴諾嚼動蜜餞的動作逐漸慢了下來，她眼皮耷拉，小身板微微搖晃，隨後身子一歪，眼看要摔在地上，裴清趕忙伸手攬住裴諾，小心的將她扶到自己肩膀上。

裴諾打了個哈欠，緩緩閉上雙眸。

看著女兒額間細密的汗水，裴清掐了個清風咒，為她驅散灼陽傳來的燥熱。

在這萬籟俱寂之時，一顆小石子不知從哪裡而來，直直砸在了裴清腳邊，接著第二顆、第三顆，裴清掐咒將飛向這邊的石子隔開，抬眸向前方看去。

扔石子的是四、五個虎頭虎腦的小男孩，六、七歲的樣子，他們應該是村裡人，正撿起石子不斷往這邊扔著，偶爾還發出咯咯的笑聲。

裴清眸光一沉，小心護住身邊的裴諾，厲聲說：「再不停下我就不客氣了。」

這話要是往常說自是威懾十足，奈何現在的裴清是個看起來四、五歲的小孩兒，聲音稚嫩不說，模樣還可愛。

一聽這話，比他們大幾歲的小男孩笑聲更大了。

「他和那個怪物一起來的，怪物的朋友也是怪物。」

「虎子說得沒錯，他們都是怪物！」

「打他們！把他們趕出村子！」

「打他們！打他們！」

他們一聲接著一聲，手上石子一顆接著一顆。

裴清本就不是脾氣好的，對熊孩子更不會縱容，他手指一勾，那些飛向兩人的石子全部定格在空中。見此，熊孩子們目瞪口呆，全然忘記反應。

裴清一揮手，停在空中的石子往反方向飛去，只聽啪啪幾聲，石子砸在了幾個小孩兒的膝蓋上。他用的力道輕，砸在身上並不疼，可這幾個熊孩子為虎作倀慣了，這麼一砸可不得了，當下嘴一張、眼皮一耷拉，朝天嚎哭出聲。

哭聲瞬間吸引了家裡人的注意，沒一會兒幾個身著粗布衣、梳著婦人髻的女人從裡面跑了出來。看到哭作一團的孩子，她們先是愣怔，緊接著加快步伐跑來將自家孩子抱在懷裡。

「虎子，怎麼哭了？誰欺負你了？」

「二狗，告訴娘，誰欺負你了！」

「長貴別怕，說出來娘給你做主！」

嘰嘰喳喳，一團混亂。

裴清閉了閉眼，瞥了眼肩上的裴諾，她皺著眉，像是要轉醒。

「你這沒用的小混帳，你倒是說為什麼哭啊？」

幾個熊孩子抽抽噎噎，最後將手一抬，齊刷刷指向裴清。

幾個婦人同時將視線掃過去。

裴清那張精緻的小臉讓幾個女人一愣，紛紛不相信。

「虎子你別說謊，那娃看起來比你小了兩、三歲，生得白白嫩嫩的，你不欺負人家就不錯了，人家還能把你弄哭？」

「就是，一看就是你們幾個打架，栽贓到人家身上，看我不收拾你！」

一時間，婦人們扯耳朵的扯耳朵、拽頭髮的拽頭髮。

虎子啼哭不已：「娘，俺沒說謊！那人是個小妖怪，他將石子停在了半空，還砸我們，不信妳們問二狗和長貴。」

長貴也哭嚎著：「虎子哥沒錯，是他們欺負我們。」

「他們是妖怪！」

原本熟睡的裴諾徹底被吵醒了，她揉揉眼直起身子，看了看身邊淡定自若的裴清，又看了看眼前那混亂的景象，最後將視線停留在一把鼻涕一把淚的虎子身上。

裴諾靜靜看了幾秒，驚呼出聲：「是你！你上次打我！」

一聽這話，虎子的娘更怒了：「好呀，你平日上樹抓鳥就算了，現在還學會欺負女娃娃了？娘是怎麼教你的？看我不好好教訓你！」

說著，虎子媽夾起虎子朝家的方向走去。

「娘，我沒有，我沒有！」

虎子的哭喊聲越來越遠，其他人也帶著自己的孩子各回各家。

人一走，又靜了。

裴清瞥向身邊的裴諾，眉頭微微皺起。雖然裴清寵愛女兒，卻並不嬌慣，這導致女兒比一般孩子成熟許多，也藏得住事，不管在外面發生什麼都不跟自己和秋珏說，有時會帶著傷回來，問起時也搖頭笑道是自己摔倒了。

今日看來，女兒果然對他們有所隱瞞。

現在他的身分是阿清，而不是她的父親，那麼問起時她定會老實回答。

想著，裴清開口：「他們為何叫妳怪物？」

裴諾又開始往嘴裡塞蜜餞，一邊塞一邊說：「上次有野狼追他們，我用咒法幫了他們，他們不感謝就算了，還罵我是怪物。」

裴清眸光微閃，靜默幾秒後問：「難過嗎？」

「一開始會難過，後來不難過了。」

裴諾說得輕描淡寫，可這份輕描淡寫卻讓裴清心痛萬分。

「我爹爹說，特別的人總是孤單的，強大的人更要習慣孤單，這是早晚的事，所以我不會難過，也不會去怪罪。」

裴清心中揪痛，這不是一個小孩子應當說出的話，裴諾這個年齡本該是無憂無慮，享受歡樂的年紀。他攥緊拳頭，突然覺得自己是個失敗的父親，一直一來都教導女兒要勇敢，卻不告訴她也應該享受脆弱，那是她本身的權利。

「阿清，我們回家吧。」

裴清回神，問：「妳不想看皮影戲了？」

「不看了。」裴諾搖搖頭，那群熊孩子肯定不會這麼輕易放過她，自己也就算了，可還有阿清在，阿清瘦瘦小小的，被打上一下可怎麼辦？

裴諾的內心所想都被裴清的唸心咒聽個正著，在欣慰女兒的善意之時，又心疼她太過成熟懂事。

裴清笑笑，「妳只要老實告訴我，想不想看皮影戲？」

裴諾咬著下唇，輕輕點頭，「想。」

「那我們就不用回去。」裴清上前幾步，輕輕拉住她的小手，「我們等天黑看皮影戲，不會有人來打我們的，相信我。」

他眼神堅定。那眼神頓時讓裴諾想起自己的父親，他給她的感覺無比安心可靠，裴諾鬼使神差的點點頭，莫名湧出信任來。

時間流逝，日暮下沉，天邊染上夕陽的醉人橘紅，那豔麗的顏色如同細紗般將整片大地籠罩，漸漸地，光景退散，黑夜浮現。

桃花林的夜晚是和諧放鬆的，各家各戶會搬著小板凳、拿一包瓜子和花生，拖家帶口前往村東頭的皮影戲棚子。

裴諾對皮影戲是期待萬分的，一看東邊亮起昏黃的光，便興沖沖拉著裴清向那邊跑去。

可沒兩步，風沙從後席捲而來，所經之地，捲起路邊的帳篷和房梁，肆虐間滿目瘡痍。

是妖。

裴清目光銳利，為自己和裴諾附上護身咒，緊接抱著裴諾躲到了周邊的角落裡。

那陣黃沙漸漸浮現出豹子的形象，牠大嘴一張，吐出一陣妖氣。村民正要去村東頭看皮影戲，此情此景頓時讓眾人陷入恐慌，四周充斥著尖叫和孩童的哭喊。

妖風不斷席捲，片刻之後妖氣退散，一片寂靜，除了地上的一片狼藉外，似乎什麼事都沒有發生過……

裴諾小心走出角落，她呆呆的看著眼前情景，半晌沒有回神。

突然，耳邊爆發出尖叫。

「我的孩子呢！虎子呢！」

這聲猛地嚇了裴諾一跳。

「我的長貴也不見了！」

「我的二狗也沒了！」

「我的孩子哪裡去了！」

驚恐的叫聲此起彼伏，大人們在地上哭作一團，老村長拄著枴杖，顫顫巍巍來到眾人面前，怒道：「一定是那豹妖幹的，那天殺的妖孽！怎麼就沒人把它除了！」

豹妖。

裴清心裡合計，想到那豹妖是誰了。

就在此時，村長發現了站在一邊默不作聲的兩個娃兒，他定定看了一會兒，駐著枴杖向那邊走去，問：「你們是哪家的孩子？」

裘諾被剛才情形嚇到了，她往後退了退，沒作聲。

裘清看了裘諾一眼，輕聲說：「我們是隔壁村的，聽說這裡有皮影戲，便來看看。」

村長上下打量著兩人，見他們衣著簡單，卻氣質不俗，一看便知不是普通人家的孩子，想必是鎮子上官家大老爺的小小姐和小少爺。這豹妖剛來肆虐，要是他們在這裡出點事，那官家肯定會怪罪到他們無辜的村民頭上。

村長當下慌亂起來，好不容易定下神後招呼來兩個強壯的村民，「鐵柱，你把這兩個娃娃送回家去，記得走小路，可別被那天殺的豹妖盯上了。」

「那……」虎子媽抽抽噎噎看著村長，「我們家虎子怎麼辦？還有其他孩子怎麼辦？」

村長嘆了口氣：「大家稍安勿躁。我待會兒走一趟，去求那天山的道長來，你們快都回屋去，把門窗鎖好，天亮前都別出來。」

村長的話為眾人打了針強心劑，當下各回各家，關好窗鎖好門，吹滅油燈無人敢出聲。只留下鐵柱看著裘清和裘諾。

「走吧，我送你們回去。」

「不必了。」裘清淡淡拒絕，「我和妹妹自己回去，不勞煩你了。」說完沒看鐵柱，拉著裘諾離開。

離開桃花村，一路靜默的裘諾突然開口說話了：「阿清，我們去救虎子他們吧。」

裴清愣了一下，「救虎子？」

「嗯。」裴諾點頭，「虎子娘看起來好難過，虎子要是出事，虎子娘也會出事的……」

裴清腳步頓住，凝視著裴諾，「可是虎子欺負妳。」

「他沒欺負我，是我不和他計較。」

裴清勾唇一笑，「那要是去救了虎子，虎子還打妳怎麼辦？」

「我不讓虎子打就好。」

「真想去？」

「想去。我想，要是我被妖怪抓走沒人救我，我一定很難過，娘親和爹爹也很難過。」

裴諾是個心思純真的孩子，腦子裡不會彎彎繞繞想那麼多，就算有人對她不好，她也不會記恨，相反的，在別人有苦難時她還會伸出援手。

秋玨不喜歡女兒的這種性子，覺得太過心善會被人欺辱；可是裴清反之，他覺得女兒大度，大度之人注定不會被凡事困擾，注定活得無憂無慮。

「那爹……我陪妳去。」

「啊？」裴諾滿是懷疑的看著裴清，「你不要去了，我保護不了你的，你不如回家去找我爹娘，我去找那個妖怪拖住他。」

裴清不語，抱起裴諾騰雲而上。

突然飛起來的裴諾緊緊的摟著裴清，她目瞪口呆看著逐漸遠離的地面，又滿是震驚和崇拜望向裴清，「哇～～」

女兒那崇拜的小模樣當下讓裴清陷入自我膨脹。

※⊙※⊙※⊙※

一路抵達雪豹所在的黑山洞，裴清將裴諾放下，隨著她進入洞穴之中。

裴諾也不害怕，雙眸正好奇的四處打量。越往裡走，光線越暗，裴清掐了長明咒，光亮瞬間驅散黑暗。

「阿清好厲害。」裴諾又是一臉崇拜。

走著走著，他們看到了另一個入口，光源從裡面傳來，同時還有詭異的笑聲和孩童們的哭泣聲。

裴諾拉了拉裴清的衣袖，小聲說：「我們兩個肯定打不過那妖怪，我去引開那個妖怪，你去救虎子他們怎麼樣？」

倒是聰明，懂得不逞匹夫之勇。

但是……

「不用。」裴清說：「我們光明正大進去。」

雖然身子變小了，可修為尚在，他一個仙尊還收拾不了一個小小妖孽？這要是說出去還不得笑掉人們的大牙？

這話要是從別人口中出來，裴諾是不會信的。可也是奇怪，她明明只和他認識一天，卻莫名信任，從內而外，絲毫不猶豫的信任。

兩人進去後，洞內情景映入眼簾——最前方是一張長椅，椅前的長桌上擺放著瓜果香酒等物品，視線一轉，虎子他們正被囚困在籠子裡，而蹲在他們面前的男子正惡劣的戲弄著這些被嚇壞的孩子。

看到有人進來，虎子當下掃去一眼，在看到裴清和裴諾時一愣，都忘記了哭。

豹子也察覺到了什麼，一扭頭，眸光倒映出裴諾那張小臉。

他瞇瞇眼，笑容頓時沉了，「丫頭片子，是妳啊。」

裴諾也驚呼出聲：「大貓咪！」

大貓咪這個稱呼讓雪豹呼吸一窒，當下跳腳：「什麼大貓咪！我是威風凜凜，將來要一統妖界的雪豹妖黑豹是也！」

裴諾瞬間不怕了，鼓著腮幫問：「你為什麼叫黑豹？」

「妳管我！」

「你明明是白的啊，為什麼叫自己黑豹？」

威風凜凜，準備一統妖界的雪豹妖：「……」

「黑豹這名字不好，你叫大白好了。」

威風凜凜，準備一統妖界的雪豹妖：「……」

裴諾默唸兩遍名字，越發覺得滿意，一錘定音：「大白，看在我們是朋友的分上，你把虎子他們放了好不好？」

一聽裴諾為他們求情，虎子眼睛瞬間亮了。

雪豹妖回神，冷哼一聲：「誰和妳是朋友？憑什麼要我聽妳的？」

「你要是不放，一會兒天山的道長就來了，到時候你跑都跑不了。」

雪豹妖更是不屑道：「開玩笑，本王會畏懼那些只懂得玩桃木劍的道士？除非那個裴清來了，不然我絕不放人。」

一聽裴清這個名字，裴諾犯難了。

「我爹爹閉關去了，來不了……」

雪豹妖眸光微閃，上下打量著白白淨淨的裴諾，他嘿嘿笑了聲，舔了下脣角，「那正好，我把妳也一起燉了吧。」

就在此時，站在裴諾身邊的裴清突然不動神色後退離開。

裴諾渾然不覺，挺起小胸脯說：「我才不怕你呢，阿清會保護我的，他和我爹爹一樣厲害，對吧，阿清？」

沒有回答。

裴諾又問：「阿清，對吧？」

依舊沒有回答。

裴諾朝身邊的位置看去，空空如也，哪有阿清的影子。

裴諾心中一個咯登，她環視一圈，可四處都沒有阿清的影子。裴諾頓時慌亂起來，因為激動的情緒而呼吸急促。

雪豹妖哈哈大笑：「妳那個阿清早就跑了！妳說妳帶誰不好，偏生帶個奶娃娃過來，還是個孬種。」

裴諾眼眶一紅，握著拳頭衝了過去，「不准你說阿清！阿清不是孬種！」

她的表情更逗笑了雪豹妖，那打向身上的拳頭輕飄飄的像是棉花一樣，沒有一點力氣。

雪豹妖微微揮手掀起一陣妖風，裴諾的小身板哪禁受得住，當下被掀出老遠，眼看要摔在地上時，身體突然被一雙溫暖的大手摟住，接著她被摟在一個熟悉的懷抱裡。

裴諾先是愣了一下，接著仰頭，在看到裴清那張熟悉的臉頰時，她嘴一癟，委屈得哭了出來。

「爹爹，大白欺負我！」

——天啊……

——是裴清……

真名黑豹、外號大白的雪豹妖懵了。

裴清的視線先是輕飄飄的掃過關押著虎子與其他孩童的籠子，然後又看向雪豹妖，「聽說……你找我？」

完了完了完了！要死要死要死！

這裴清誰啊？上任浮玉宮掌門，修為深到吹一口氣就能讓他灰飛煙滅嘍！都說大男子能屈能伸，留得青山在不愁沒柴燒，現在不能和裴清硬碰硬啊！

想著，雪豹妖嘿嘿笑了：「那個……主要想問您過得好不好……」

裴清懶得搭理雪豹妖，「把那些孩子放了。」

「放放放，必須放。」威風凜凜，準備一統妖界的雪豹妖在此時慫成了包子，上前將牢籠打開，點頭哈腰目送著接二連三從裡面走出來的孩子。

「山路難走，一路小心。要不我送送你們？」

虎子他們哪敢讓他送，當下尖叫連連跑出山洞。

雪豹妖嬉皮笑臉看著裴清，「我……我看我還是送送他們吧。」說著就想溜。

可他沒走兩步就被裴清叫住：「慢著。」

雪豹妖身子一僵，「您……還有事？」

「我女兒挺喜歡你的，大白是吧？以後諾兒就交給你看著了，若她傷到碰到……」裴清眸光一銳，只見山洞隆鳴，一塊大石直直從上降落砸在雪豹妖腳邊。

雪豹妖快被嚇哭了，哪敢反抗，只能連連點頭。

「也不准你欺負山下村民。」

「好好好，不欺負不欺負。」

「大白！」裴諾掙脫裴清的懷抱撲過去抱住雪豹妖的大腿，「太好了，你以後就是我朋友了。」

裴清欣慰的看著女兒，這樣……她有朋友不會孤單了，有雪豹妖在，不管去哪裡也不會被人欺負了，完美。

雪豹妖淚流面滿。

——可惡啊！作為威風凜凜，將來一統妖界的霸主，現在竟……竟然要看著個奶娃娃！

雪豹妖咬咬牙，惡狠狠的瞪著裴清。

——沒事，要想成為妖王首先要禁受得住挑戰，不就是看個奶娃娃嗎？等我變厲害了，遲早要讓裴清好看！還有這個奶娃娃！

「大白，我們回家，我把你介紹給兔兔，吸溜……兔肉可好吃了。」

——兔肉……

雪豹妖眼睛又是一亮，吞嚥口唾沫，「是啊，兔肉可好吃了。」

「那我們快點回家。」

「好好好，我們快點回家。」

雪豹妖化身豹形，托著裴諾向山下走去。

看著那對漸行漸遠的背影，裴清無奈嘆氣。怕是他們沒等吃到兔子，就要被秋玨狠揍一頓了。

番外三《這個魔頭之女最萌》完

《這個魔頭有點萌》全套二集完結，全國各大書店、租書店、網路書店持續熱賣中！

I come from the other side of the universe.
來自外星的我
04
episode
I wanna go
與你在一起。
END
NOVEL
霧十
ILLUST
&瑞讀
來自外星的我 01 多了個蠢爹?
來自外星的我 02 靠尾巴賣萌!
來自外星的我 03 也想談戀愛!
來自外星的我 04 與你在一起。
典藏閣
人世繁華，幸好有你與我共度——
我們要結婚了。
SINCERELY INVITE YOU TO SHARE OUR HAPPINESS.
幸福小倆口

飛小說系列179

這個魔頭有點萌 02（完）

出版者■典藏閣
作　者■錦橙　繪　者■水々
企劃編輯■夏荷芠　美術設計■Aloya
總編輯■歐綾纖
製作團隊■不思議工作室
郵撥帳號■50017206 采舍國際有限公司（郵撥購買，請另付一成郵資）
台灣出版中心■新北市中和區中山路2段366巷10號10樓
電　話■(02) 2248-7896　傳　真■(02) 2248-7758
物流中心■新北市中和區中山路2段366巷10號3樓
電　話■(02) 8245-8786　傳　真■(02) 8245-8718
ISBN■978-986-271-829-2
出版日期■2018年8月

全球華文國際市場總代理／采舍國際
地　址■新北市中和區中山路2段366巷10號3樓
電　話■(02) 8245-8786　傳　真■(02) 8245-8718

新絲路網路書店
地　址■新北市中和區中山路2段366巷10號10樓
網　址■www.silkbook.com
電　話■(02) 8245-9896
傳　真■(02) 8245-8819

☞**您在什麼地方購買本書？**☜

1. 便利商店（________市／縣）：☐7-11　☐全家　☐萊爾富　☐其他____________

2. 網路書店：☐新絲路　☐博客來　☐金石堂　☐其他__________

3. 書店（________市／縣）：☐金石堂　☐蛙蛙書店　☐安利美特animate　☐其他____

姓名：__________地址：____

聯絡電話：________________　電子郵箱：______________________________

您的性別：☐男　☐女　　您的生日：西元__________年__________月__________日

（請務必填妥基本資料，以利贈品寄送）

您的職業：☐上班族　☐學生　☐服務業　☐軍警公教　☐資訊業　☐娛樂相關產業

☐自由業　☐其他__________

您的學歷：☐高中（含高中以下）　☐專科、大學　☐研究所以上

☞**購買前**☜

您從何處得知本書：☐逛書店　☐網路廣告（網站：______________）　☐親友介紹

（可複選）　☐出版書訊　☐銷售人員推薦　☐其他________________

本書吸引您的原因：☐書名很好　☐封面精美　☐書腰文字　☐封底文字　☐欣賞作家

（可複選）　☐喜歡畫家　☐價格合理　☐題材有趣　☐廣告印象深刻

☐其他________________

☞**購買後**☜

您滿意的部份：☐書名　☐封面　☐故事內容　☐版面編排　☐價格　☐贈品

（可複選）　☐其他

不滿意的部份：☐書名　☐封面　☐故事內容　☐版面編排　☐價格　☐贈品

（可複選）　☐其他

您對本書以及典藏閣的建議____

____

____

✌未來您是否願意收到相關書訊？☐是　☐否

感謝您寶貴的意見

印刷品

$3.5
請貼
3.5元
郵票
不思議信箱
FUSIGI POST

235 新北市中和區中山路二段366巷10號10樓

華文網出版集團　收

（典藏閣－不思議工作室）

NOVEL 錦橙
水々 ILLUST

這個魔頭有點萌

02
完